Der Astragal

Einen herzlichen Dank an Frédéric Lavabre,
der die Idee zu diesem Projekt hatte und
uns mit dem Roman von Albertine Sarrazin
bekannt machte.

Für Liv & Aliocha

schreiber&leser

Anne-Caroline Pandolfo
Terkel Risbjerg

Der Astragal

Nach dem Roman von
Albertine Sarrazin

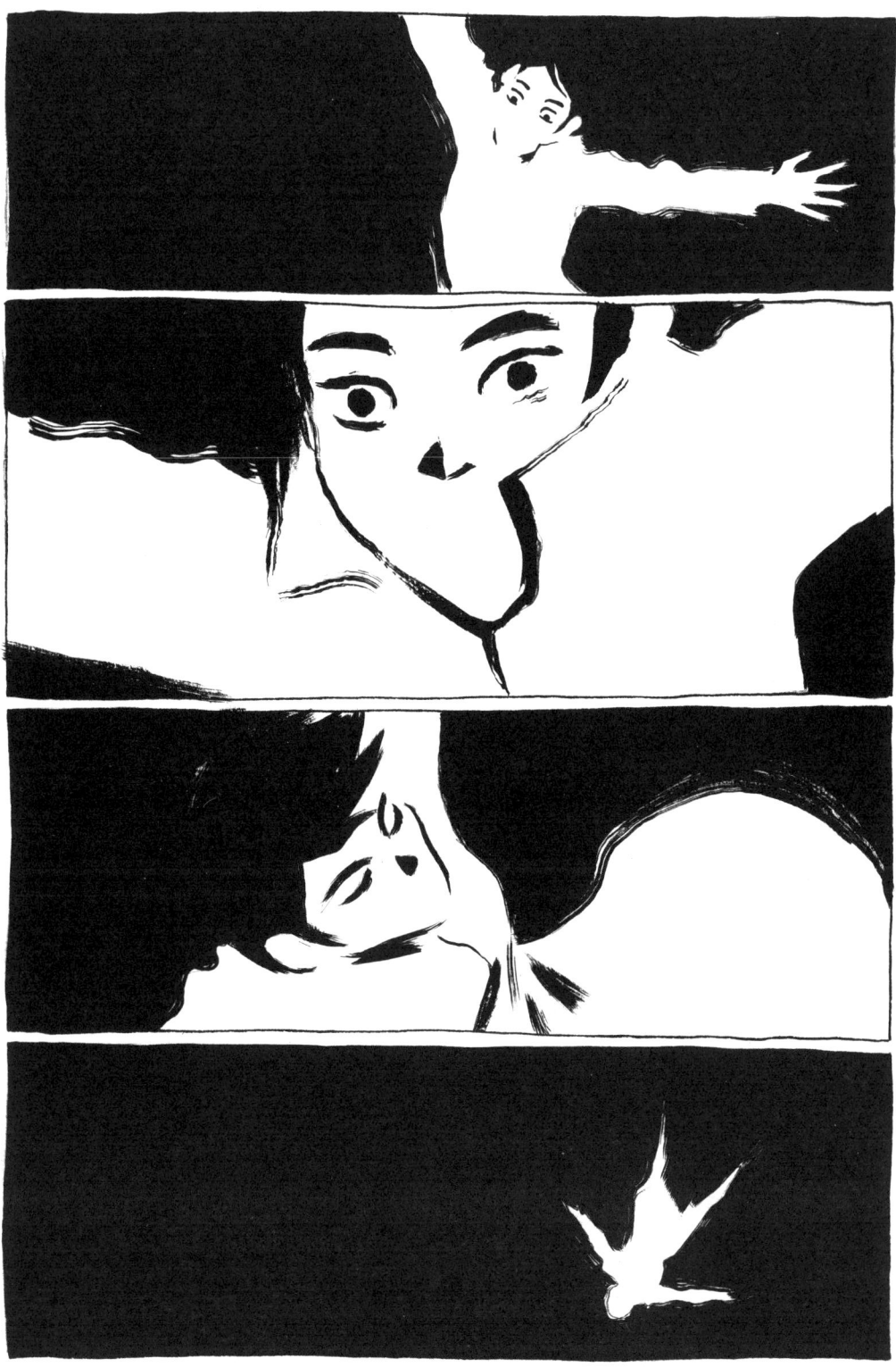

Mit jedem Atemzug werden die tanzenden Sterne vor meinen Augen langsamer.

Mein Knöchel fühlt sich an wie aus Zement, der Fuß steht im rechten Winkel ab.

Ich strecke ihn senkrecht nach oben,
der Fuß verfängt sich in den Sträuchern.

Die Nacht ist rabenschwarz.

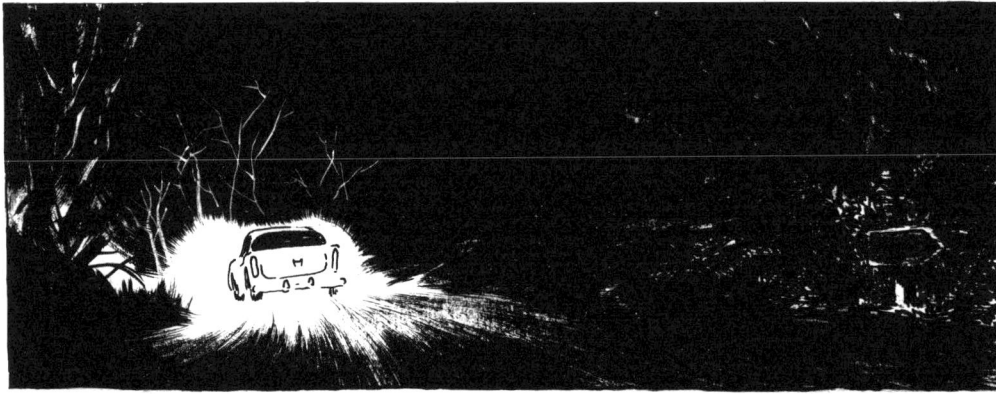

Auf Ellenbogen und Knien krieche ich vorwärts. Ich blute Schlamm, Dornen stechen. Es tut weh, aber ich muss weg.

Ein Jahr zuvor. Erziehungsanstalt von Doullens.

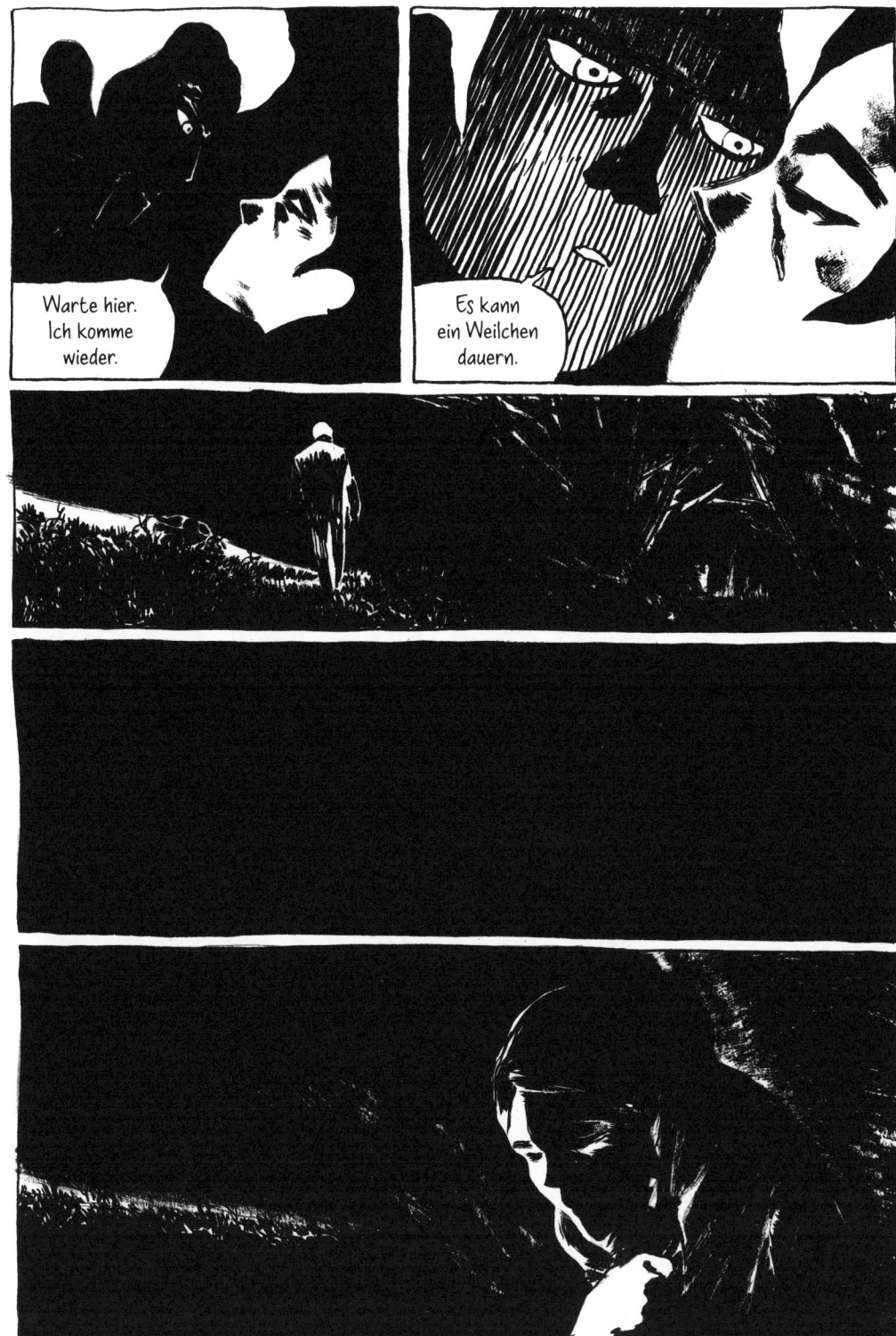

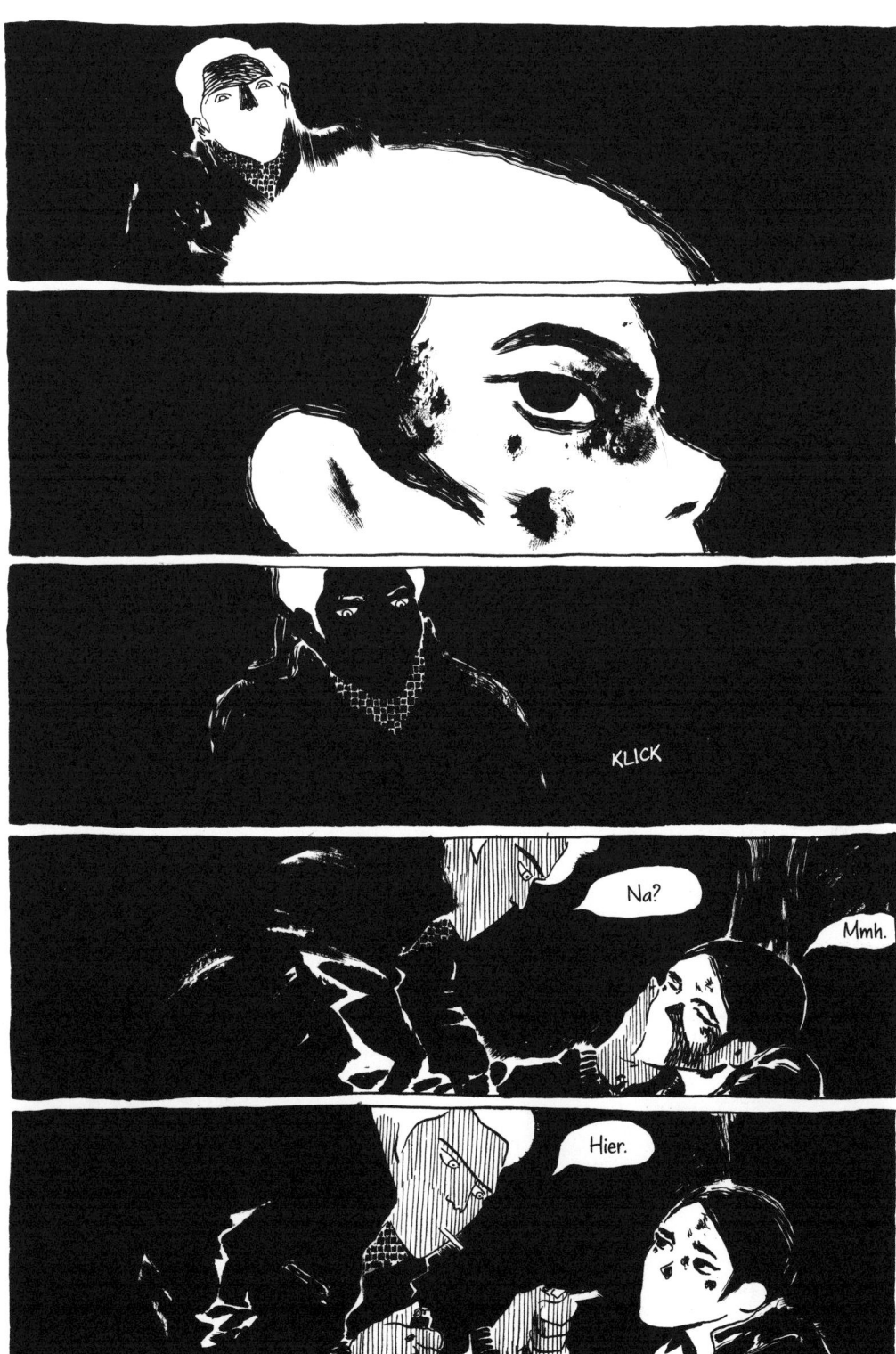

Später in der Nacht

Unter der hellen Küchenlampe sehe ich meine Verletzung an und spüre Wärme und Erleichterung.
Eingeklemmt zwischen Spüle und Ofen versuche ich, mein Zähneklappern zu kontrollieren.

Und meinen ganzen Körper, der so zittert, dass mein Stuhl und die Zigarette in meiner Hand wackeln.

Das ist meine Mutter.

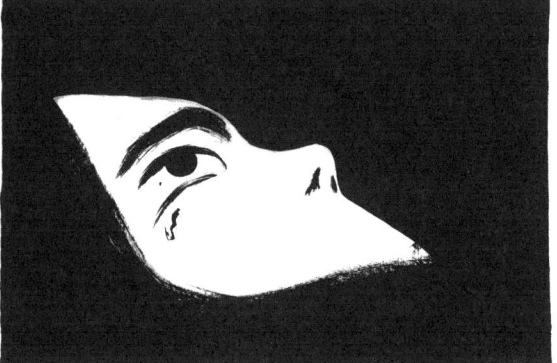

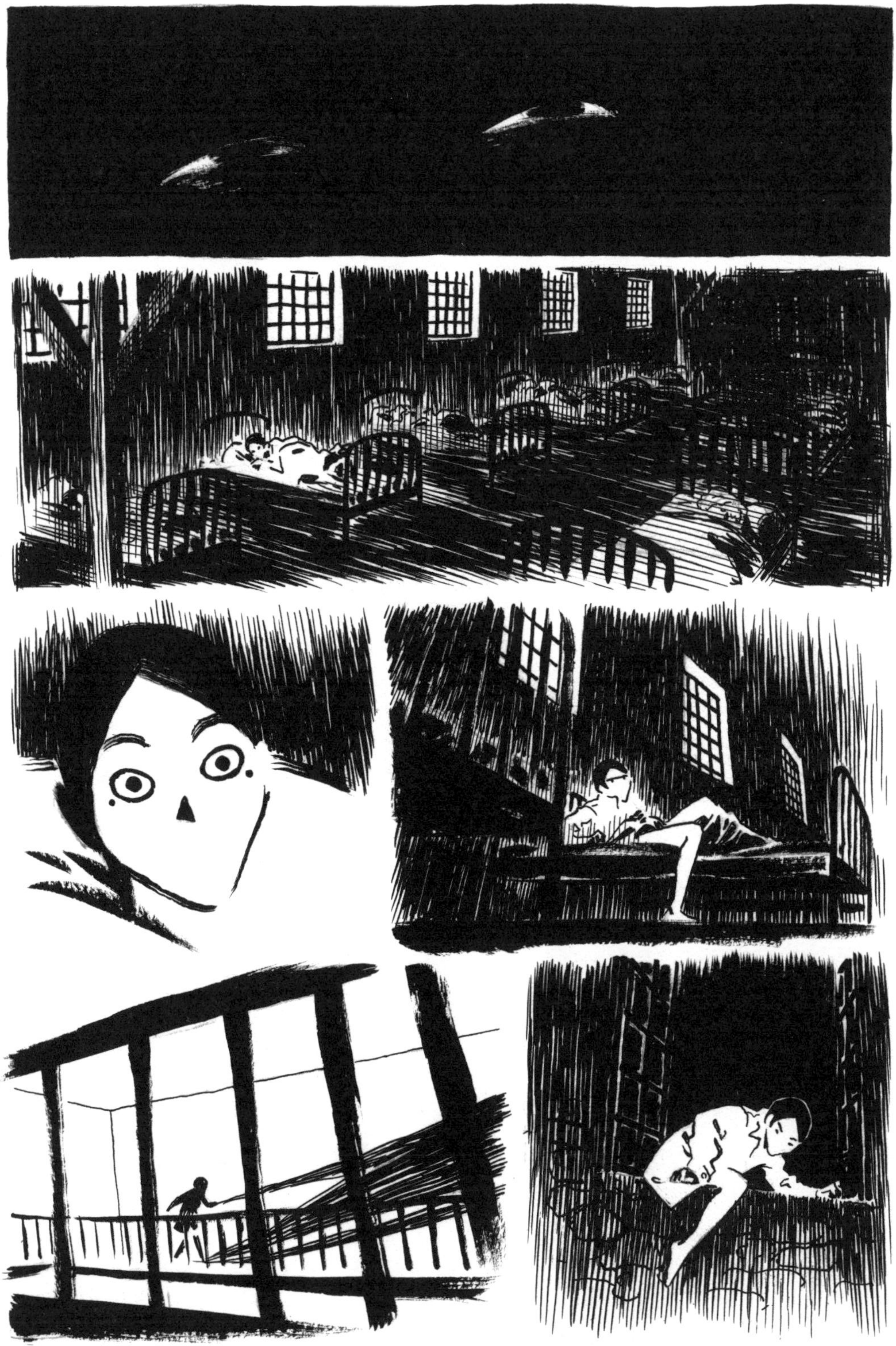

Am Morgen betrat eine junge Frau das Zimmer. Mein Anblick schien sie nicht zu überraschen.

So, jetzt müsst ihr aufstehen.

SMT.

Meine eigene Kindheit bestand nur aus Kälte. Was tat ich in diesem fröhlichen Kinderzimmer, mit all den Spielsachen und Büchern auf dem Boden?

So vergingen mehrere Tage und Nächte.

Julien blieb ein paar Nächte weg.

Als ich dann seine Stimme im Erdgeschoss hörte...

... war ich enttäuscht, dass er nicht sofort zu mir heraufkam.

Er sprach mit seiner Mutter. Ich wartete ungeduldig.

Ah, hallo, Julien.

Hallo.

Du machst meiner Mutter ja keine Schwierigkeiten, hm?

Magst du weißen Rum?

Ich muss jetzt runtergehen. Wegen meiner Mutter. Ich schlafe in ihrem Zimmer.

Bitte bleib!

Ich stellte keine Fragen.

Na gut, ein paar Minuten.

Ich bekam zu essen und zu trinken, Gespräche und Musik. Ich hatte das Gefühl, aus der Zeit herauszufallen.

Tagsüber las ich Ginettes Liebesromane.

Ginette und ihr Mann Eddie schauten nach mir. Sie setzten sich vorsichtig auf meine Bettkante.

Ihr Geplauder lenkte mich ab.

Dennoch...

...empfand ich ein ständiges Unbehagen.

Ich habe das Gefühl, meine Worte und sogar mein Schweigen stehen für etwas, wofür ich mich zwar nicht schäme...

... das ich aber auch nicht sagen darf.

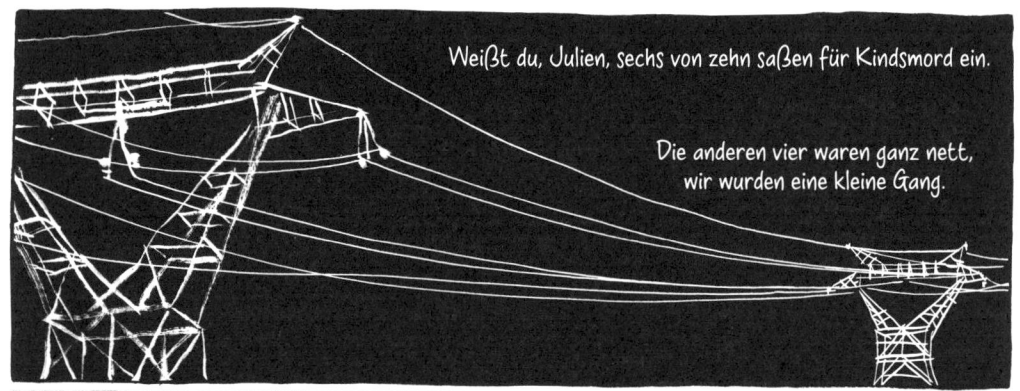

Weißt du, Julien, sechs von zehn saßen für Kindsmord ein.

Die anderen vier waren ganz nett, wir wurden eine kleine Gang.

Man wurde gewogen, vermessen, untersucht.

Es war verboten, mit denen aus einer anderen Gruppe zu sprechen.
Jede Gruppe hatte ihren Speisesaal, ihren Freizeitraum, ihre Erzieherin.

Wir begegneten uns in den Arbeitsräumen.
Da quatschten wir und freundeten uns an.

Stell dir den Zirkus am Abend vor. Alle Mädchen am Fenster, sie rufen einander zu.

Meine Zelle war neben der von Rolande.

Morgens kam sie und half mir beim Hochkommen.

Du weißt, was ich meine.

Wir trafen uns mit der Gang bei mir.

Meine Bude war die einzige ohne Fotos von Männern oder Kindern.

Ich komme gerade aus dem Knast.

Ich habe in diesem Departement Aufenthaltsverbot.

Aber die können mich nicht daran hindern, meine Mutter zu sehen.

Ich hab's geahnt.

Ich habe dich erkannt.

Deine Art zu reden.

Dein Gang.

Die Zigarette in der hohlen Hand.

Unsere Vertrautheit...

...unbegreiflich.

Ich hasse Männer.

Oder nein, nicht einmal das. Ich habe sie vergessen.

Julien bringt die Erinnerung zurück.

Tock - Tock - Tock

Julien!

Guten Tag, die Damen.

Wir haben einen Haussuchungsbefehl.

Julien...

Suchen Sie das Haus ruhig ab.

47

Zwei Wochen vergingen. Ich musste jede Bewegung neu lernen. Mein Bein musste ich tragen, weil es vom Knie abwärts völlig unbeweglich war.

Ich halte den Schmerz nicht mehr aus.

Er zieht mir bis in den Kopf!

Wie soll ich mit diesem Fuß jemals zu Rolande kommen?

Mach dir keine Sorgen.
Zur Not trage ich dich.
Ich hätte nicht mit dir schlafen dürfen.
Julien, du hast mich nicht vergewaltigt.
Außerdem: Was macht das schon?

Bist du nicht sowas wie mein Bruder?
Dein Bruder. Ha!
Ich hätte dich rausgeholt.
Du wärst geheilt.
Und dann...
Freiheit...
Das wäre schön gewesen.
Aber...
ngn
Auaa!
Was ist denn, Anne?
Sie werden mir das Bein abschneiden.
Ich will das nicht!
Siehst du nicht, wie es mir abfault?
Es ist schon zu spät.
Sie nehmen es ab!

Ich kann bestimmt nie mehr laufen!

Sie suchen dich überall.

Auch in Krankenhäusern.

Halt durch. Ich finde ein neues Versteck für dich.

Dort pflegen wir dich gesund.

Uh.
Hab noch ein bisschen Geduld, Anne.
Bring mich weg!
Egal wohin, Julien!
Bring mich von mir aus wieder in die Anstalt!
Irgendwohin!!

Mein Bein!

Es wird jeden Tag schlimmer!

Eines Morgens

Bist du bereit?

Gut.

Also los.

Wie ist das Wetter?

Es ist heiß.

Und viel Verkehr auf der Straße.

Heute ist der 1. Mai.

Mein Schicksal war von nun an, vom Bett ins Auto und vom Auto ins Bett getragen zu werden. Herumkutschiert von fremden Männern, die mir nichts schuldeten und bei denen ich anschreiben musste.

Seit meiner Verhaftung hatte ich das Leben jahrelang einfach nur wuchern lassen. In jenem Leben wurde man nicht mitgenommen, gestreichelt oder versteckt.

Immerhin konnte man herumhüpfen, von einem Tag zum nächsten.

Hallo zusammen!

POCK!

Meine neue Freiheit sperrt mich ein und lähmt mich.

"Guten Tag."
"Hallo."
"Mpf"

Nini, ihr Mann Pierre, Julien und ich, die „Lieferung". Wir sind allein in der leeren Kneipe.

Pierre hat sein Lächeln gleichzeitig mit dem Barbetrieb eingestellt und lässt alles verstauben.

"Kann..."
"...man hier baden?"

— So nah am Wasser, will man bestimmt morgens zuerst einen Hechtsprung machen.

— In den Schlick?
— Naja.
— Der ist gut für Krebse.

KRT KRT.

— Und das Wasser zieht Kunden an.
— Eine kleine Bootstour mit Akkordeonmusik...

— Bist du musikalisch?

— Uh... Ich hatte ein paar Jahre Geigenunterricht.
— He, Julien!

Bring ihr bei Gelegenheit eine Geige mit. Dann kann sie tagsüber darauf herumkratzen.
klick
Und denk an das Tonbandgerät für mich, ja?
Und das Mofa für Nini.
Ja, ja.
Ich denk dran.
Was soll man machen.
So sind sie eben. Man muss sie nur zu nehmen wissen.
Mach dir keinen Kopf.

"Sie bringen dir das Essen."

"Du hast ein Radio."

"Und deine Ruhe."

"Und ein ganzes Zimmer für dich."

"Früher war das mal ein kleines Hotel."

"Und sie führen es schwarz weiter?"

Schon klar.

Ich will nicht meckern.

Rolande...

Vielleicht kehre ich zurück zu meinen Träumen hinter der Mauer.

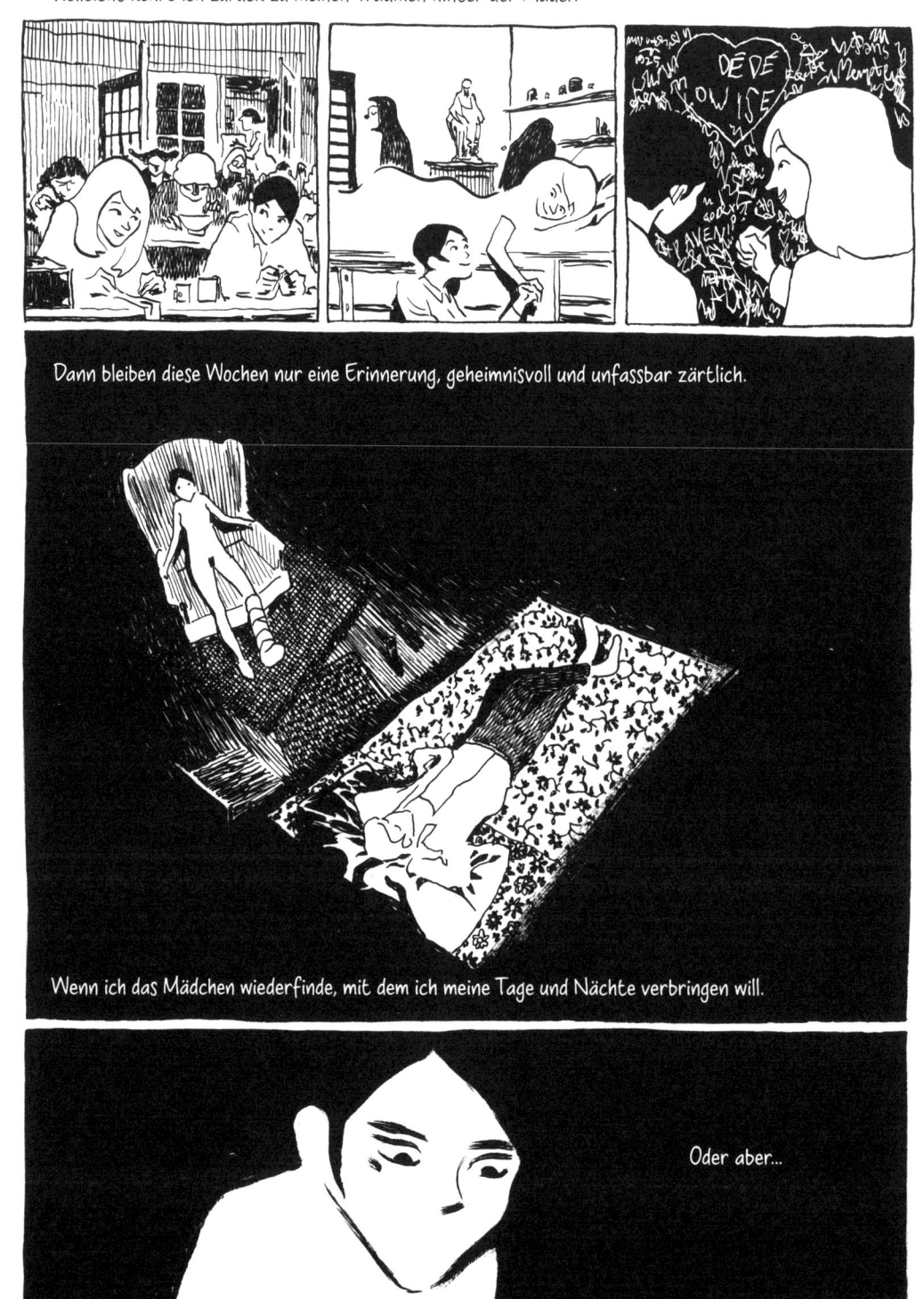

Dann bleiben diese Wochen nur eine Erinnerung, geheimnisvoll und unfassbar zärtlich.

Wenn ich das Mädchen wiederfinde, mit dem ich meine Tage und Nächte verbringen will.

Oder aber...

Oder ich flüchte mich weiter in Juliens Arme.

Wir schlafen miteinander oder auch nicht. Egal.

Aber das Band zwischen ihm und mir, das es seit der Nacht der schwarzen Bäume gibt, wird fester. Er und ich...

Er und ich...

Er...

ich...

Ich will gar nicht wissen, wie diese Geschichte endet oder auch nur, wie sie weitergeht.

Dieser Moment ist echt und lebendig, ich dehne ihn ewig aus.

Dann läuft die Zeit weiter, ich verstricke mich wieder in Fragen und Wünschen.

"Na, haben wir gut geschlafen?"

"Hör mal, meine Frau ist aber nicht dein Dienstmädchen."

"Ich finde, du kannst ruhig zum Essen runter kommen. Ich trage dich."

"Ich bin sicher schwerer als Ninis Tablett. Aber meinetwegen."

"Ab morgen schaffe ich es allein runter zum Beefsteak am Familientisch."

Fortan hopste ich nach den Butterbroten zum Waschbecken und wusch mich kalt.
Um fünf vor zwölf rutschte ich die Treppe auf dem Hintern hinunter und humpelte durch die Bar.

Pierre war schwer zu ertragen, mit seinen riesigen Steaks, dazu literweise Mineralwasser, und den ewigen Sticheleien. Nini aß immer im Stehen, mit Blick auf den Herd.

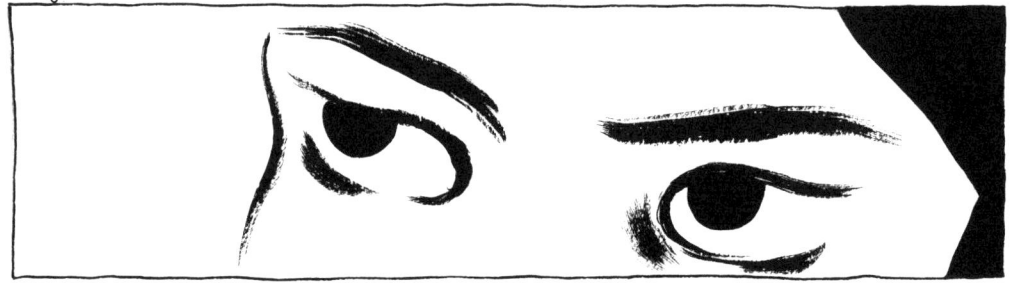

Ich musste neue Knochenmasse bilden, also essen. So verschlang ich ohne Widerworte das Kalzium, das Nini mir in Form von dicken Milchsuppen auftischte.

Eines Tages würde ich darüber lachen, aber bis dahin musste ich erst wieder laufen lernen.
Mein Bein sollte mich irgendwann tragen, auch wenn es dabei etwas knirschte.

ZZZRRZZZZZRZZZZRRZZZZZZZZZ

aaaaaaaaa

Anne!

·-·-·-zzzzzzzZZZZZZRRZZZZZZR·zzzzz-zz

Ist...
...was passiert?
Oh.

Sag doch was.
Warum hast du nicht gerufen?

Ich kann nicht mehr!
Oh, Nini.
PRIVÉ
Helfen Sie mir!
Mein Bein stirbt ab.
Julien hat angerufen. Er kommt nachher.
Aber so lange können wir nicht warten.
Es muss sofort etwas geschehen.

Komm hoch. Ich rufe einen Krankenwagen.	Stütz dich auf mich.

Leg dich hierhin. Und nicht bewegen.

Ich kläre das mit Pierre.

Das ist zu gefährlich!	Welchen Namen soll ich angeben?	Ich habe doch keine Papiere.

RICARD
Apéritif anisé
Du bist meine Schwester.
PRIVÉ
CINZANO
Ich habe dich großgezogen und bin für dich verantwortlich.
Einverstanden?
Einverstanden.
Herr Doktor...

Ist es ernst?
Sie muss doch nicht etwa hierbleiben?
Ich fürchte schon, Madame.
Es ist ein komplizierter Bruch.
Der Astragalus. Im Sprunggelenk.
Im Sprunggelenk?
Sie sollten jetzt nicht rauchen.
Sonst wird Ihnen schlecht, vor der Operation.
Ist die dunkelhaarige Frau Ihre Mutter?
Sie sehen sich ähnlich.
France-soir

| Sie ist... | Sie hat mich großgezogen. |

...meine Schwester.

Und wie eine Mutter zu mir.

Weißt du...

...uh...

Du...

Vielleicht verlierst du ihn...

Ich fragte nicht, wen. Die Stille begann zu brüllen, erstickte Schreie schnürten mir die Kehle zu. Ich sah meinen Fuß an, schwarz und bleich, meinen Fuß, den sie in den Müll werfen würden.

Du wirst sofort operiert.

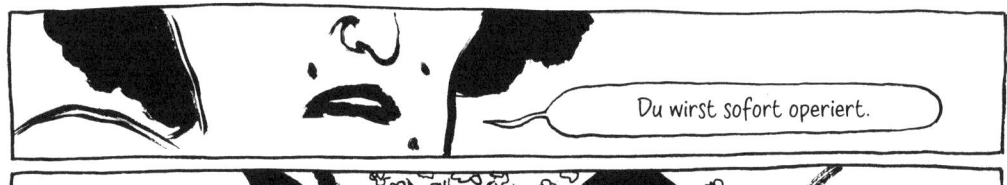

Na, na, gleich ist es wieder gut.

Das Wehwehchen fliegt gleich davon.

Eine kleine Beruhigungsspritze.

Madame.

Ja?

Verzeihung.

Pscht!

Nicht sprechen.

Bleiben Sie ganz ruhig.

Na, Kindchen.

Wie geht's uns denn?

Es tut weh.

SSCHHH

Klick

Wollen wir nicht einschlafen?

Und so schlief ich ein, meine Hand in der Hand des Arztes.

Den rechten steifen Arm auf seinem Klemmbrett.

Sobald der Anästhesist seine große Spritze angesetzt hatte...

... schlief ich mit einem angenehmen Kribbeln in den Schläfen ein.

Meine Damen...
Wir suchen eine junge Frau.
Sie hatte einen Unfall.
Mit dem Motorrad.

Wir sehen nebenan nach.

Guten Tag, die Damen!

Oh, Julien.

Der Sommer bricht an. Julien kommt mich von Zeit zu Zeit besuchen und bringt Obst, Getränke und Eiscreme mit. Für meine Bettnachbarinnen und mich.

Du bist da.

Das ganze Zimmer, außer mir, ist mit ihm verlobt.

Komm bald zurück, Anne. Ich habe in deinem Bett geschlafen.

Ich hab dich gespürt, ich hab dich gerochen, du warst da.

Wer konnte auch ahnen, dass es so ernst war.

Erzähl mir alles, was sie mit dir angestellt haben.

Keine Lust.

Wir haben noch eine Stunde Besuchszeit.

Außerdem habe ich die interessantesten Stellen verschlafen.

...nach all den Spritzen tut mir der Hintern mehr weh als das Bein.

Ich sage dir...

He! Nicht!

Aber so zerbrechlich bin ich auch wieder nicht.

Wie sind die anderen? Nicht zu neugierig?

Wenn du hier weg bist, werden dir die Ohren klingeln.

Was erzählst du ihnen?

Ein kleines Märchen:

Ich habe bei meiner...

...Schwester mit dem...

...Hund gespielt. Er ist die Treppe runter in den Garten...

...und ich bin ihm hinterher gesprungen.

Sie müssen wissen, das...

...habe ich tausendmal schon so gemacht.

Nini und du, ihr seid mein einziger Besuch.

Und ein junger Pfleger.

	Er hat versprochen, seine Kodak mitzubringen. Ein Erinnerungsfoto wäre toll, oder?

	Was redest du da!?	Dein Bild hängt auf jeder Polizeiwache. Ist dir das klar?	Was bist du doch für ein Kindskopf.

Ich verbiete dir, mit dem Kerl herumzumachen.	Er würde sich strafbar machen...	...wenn er dich nicht anzeigt.	

Nini und Pierre sind vielleicht nicht die Hellsten...	...aber sie riskieren eine Menge für dich.	Das darfst du keine Minute...	...keine Sekunde vergessen!

Ist ja gut.

Du nervst mich.

Von Moralpredigten habe ich genug.

Sag mir lieber, wer du bist.

Was?

Na ja.

Mein Cousin?

Mein Schwager?

Was soll ich den anderen sagen?

Dein Verlobter.

Sie sind ein schönes Paar.

Heiraten Sie ihn.

Er sieht so nett aus.

Und so ehrlich.

Hat er Arbeit?

Oh ja. Sogar eine sehr gute. Und er hat Geld.

Ich sage, er kommt unregelmäßig, weil er viel reist.

Geschäftlich.

Dann leihe ich mir ein Messer.

Ich schneide das Kuchenpaket auf, das Julien mitgebracht hat.

Und stopfe ihnen die Mäuler mit Buttercreme.

Was tun, um Julien zu gefallen? Wie passt zusammen, was ich über ihn weiß und was ich sehe?
Ich stehe mit einem – gebrochenen – Bein in der Gaunerwelt.

Julien, ein Einbrecher?

Egal. Das Geld, das er nachts auf seinen gefährlichen Touren einsammelt, hat mein Bein geheilt.

Wenn man nicht versichert ist, kostet so eine Operation acht oder neun Riesen.
Dazu kommt das Geld für Pierre und alle anderen Kosten. Julien macht mir ein Bein aus Gold.

Aber ich hätte es genauso gemacht.

Es wäre sogar meine Pflicht gewesen, wenn ich in einer kalten Frühlingsnacht im Licht der Scheinwerfer einen Mann gesehen hätte...

Einen Mann, der mich brauchte, um die Freiheit zu gewinnen.

Weißt du...

... ich hätte dir geholfen, auch wenn du alt und hässlich wärst.

Ja, Chérie. Das wäre noch romantischer gewesen.

Oh nein, Julien.
Nicht die.
Ach, komm. Nur, solange du den Gips hast.
Denk dran, du bist Ninis Schwester.
Danach finde ich etwas anderes für dich.
Wahrscheinlich in Paris.

Oh Anne! Jetzt kann er jederzeit vor der Tür stehen, dein Julien. Er übertreibt es ein bisschen.
Mitten in der Nacht taucht er plötzlich auf, wie aus dem Nichts.

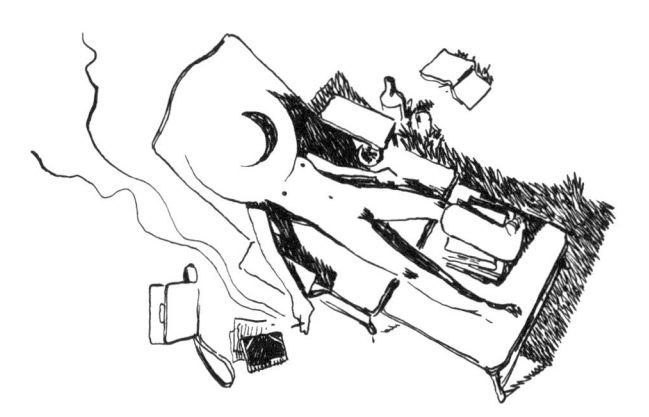

Ich mache es bald wie damals im Hotel: Um elf Uhr schließe ich die Türen ab und...

...lasse den Hund von der Leine.

Sobald Pierre weg ist und Nini ihren Haushalt macht, ziehe ich den Bademantel aus und lege mich nackt, mit geschlossenen Augen, in die brennende Sonne.

RRRRRRR R R

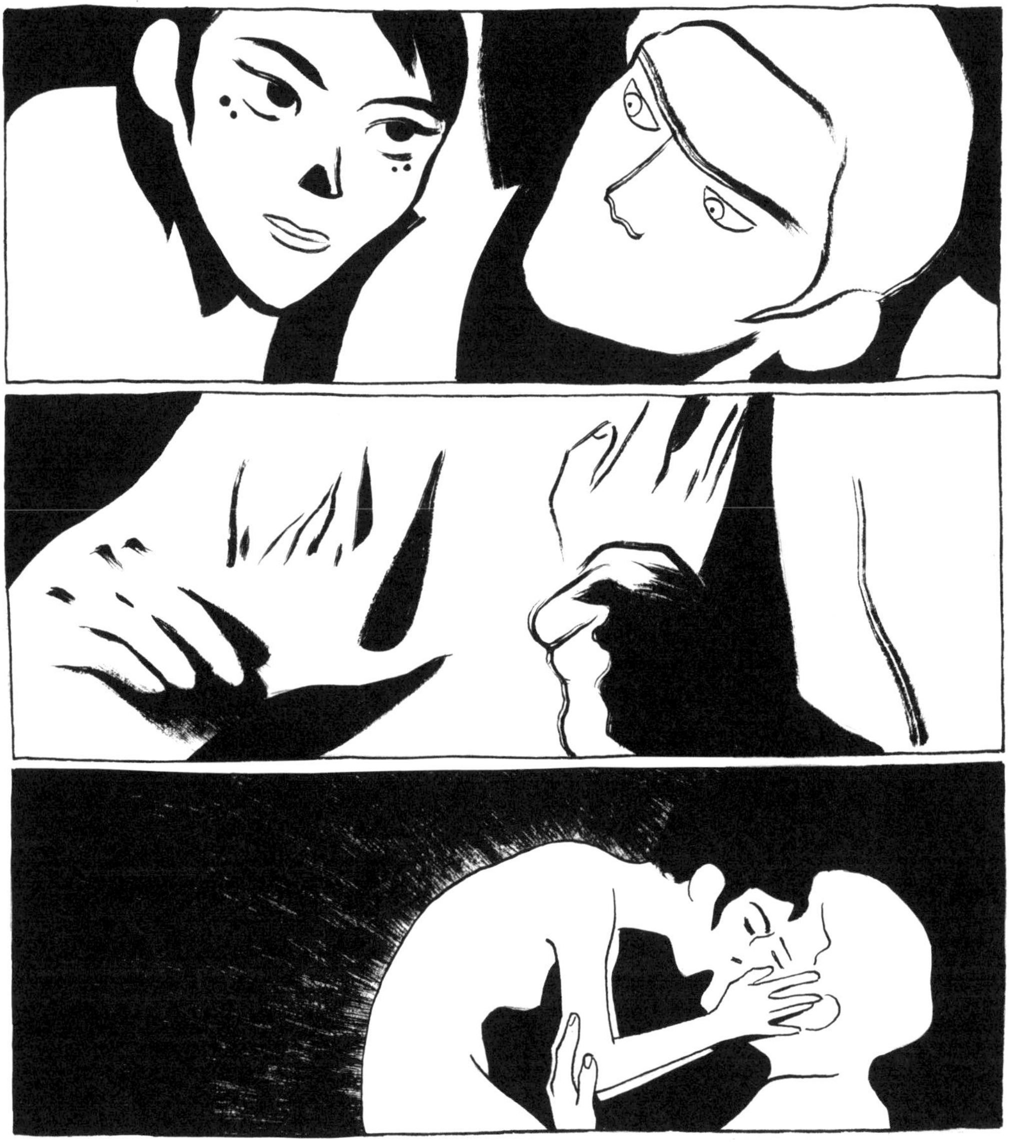

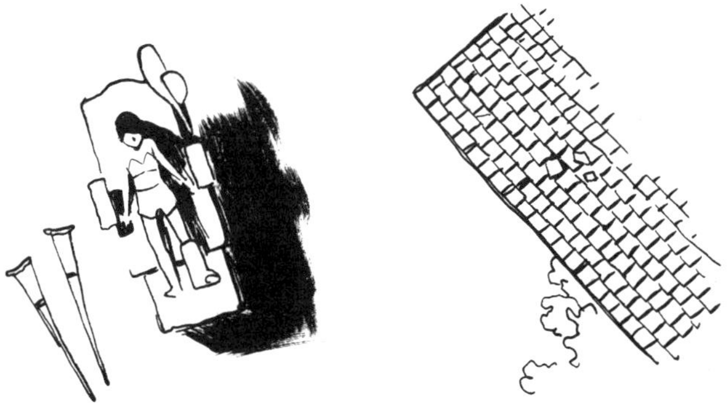

Wie soll's weitergehen?

Bald kann ich wieder laufen, dann komme ich klar.

Ohne Julien geht es nicht.

Aber mal angenommen.

Du weißt wohl gar nicht, was er für dich alles tut.

Die Kohle.

Keine Sorge, wir klären das.

Wir rechnen unter uns ab.

So?!

Unter euch?!

Wann denn?

Ist dir klar, dass er seit zehn Tagen nicht mehr hier war?

Er arbeitet!

grrrh

Und wenn er nie wiederkommt?

Wenn ihm etwas passiert ist?

Hast du daran mal gedacht?

Oh ja, Pierre, ich habe daran gedacht.

Ich denke jede Stunde, jede Sekunde daran.
Der Gedanke an Julien weckt mich und hält mich wach,
wenn ich nächtelang auf jedes Motorengeräusch, jedes
Türenklappen, jeden Schritt lauere.

Vielleicht kann ich ihn so vor Unglück und Dunkelheit beschützen. Pass auf dich auf, Julien.

Irgendwann kommt er immer zurück.	Das letzte Mal, als wir mit dem Essen auf ihn gewartet haben...	... kreuzte er zwei Jahre später auf.
	Na, dann unterstütze eben **ich** ihn. SSSSCHH...	Nachdem ich euch ausgezahlt habe, natürlich. Julien zahlt immer ein paar Wochen im Voraus.
Ich glaube, noch muss ich nichts unternehmen. Ich bin noch sehr schwach.		GRT GRT Du kommst hier sowieso nicht weg.

Du willst doch nicht etwa malochen gehen, so wie ich in der Fabrik?
Abends ein paar Freier und Bullen im Schlepptau.
Und Zuhälter.
Ich würde es ja tun.
Aber was sagt Julien dazu, wenn er mein Zuhälter sein soll?
Ach, Zuhälter.
Alles Quatsch.
GRT GRT
Er wäre bestimmt froh.
Er hat nicht gern Schulden.
Außerdem seid ihr nicht verheiratet, oder?

| Als das hier noch ein Hotel war, wurden die vier Zimmer bestimmt nicht nur an Touristen vermietet. | Pierre hat gesagt, das Geld... | ...das ich hier verdienen würde, gehört nicht mir... |

...sondern ihm.

Er würde es nur dann zulassen.

Das sollte ich wissen. Und ich soll...

...es dem klarmachen, den ich im Ernst „meinen Mann" nenne.

Wenn ich es machen will, hätte er kein Problem damit.

Frauen können einen um den Verstand reden.

GRT...

Julien.

Ich will weg von hier.

Ist heute wieder Sankt-Julien-Tag?

Wie heißt dein Kumpel denn?

Er nennt sich Pedro.

Aber vorläufig sagst du „Herr Pfarrer" zu ihm.

Wie alle anderen.

Was?

Mit dem Steckbrief an der Backe war er so clever, sich in einen Pfaffen zu verwandeln.

Ah!

Sie sind Anne.

Sehr erfreut.

Julien hat mir viel von Ihnen erzählt. Und von Ihrem... Unfall.

Wie geht es Ihrem Fuß?

Guten Tag, Pater.
Danke, viel besser.
Madaaame.
Ich bin entzückt.
Gottes Segen sei mit Ihnen.
SMT.

Ich will keine Vertraulichkeit zwischen mir und diesem Frauenheld mit den Samtaugen.
Er ist viel zu glatt und sieht aus wie eine glänzende Kastanie.

Er hat etwas Abstoßendes, mit seinen perfekten Bauchmuskeln und Beinen, die aussehen wie Säulen.

Ich mache heute Nachmittag einen Ausflug in die Stadt. Brauchen Sie etwas, Anne?

Nein, danke.

Die Zeiten im Evaskostüm sind vorbei! Ein Adam voller Aftershave verjagt mich aus meinem einzigen Paradies, dem Waschhaus.

An einem Nachmittag war es zu heiß für ein Sonnenbad. Pedro, Nini und ich stocherten am Mittagstisch in frischen, rohen, bunten Sachen herum und tranken keinen Alkohol. Wir wollten nur eins: im schattigen Zimmer ein Schläfchen machen.

Mmh.

Herrlich, die Siesta.

Um zwei Uhr wollte ich baden gehen.

Mit der Zeit habe ich aus meinen Holzkrücken zwei richtige Beine gemacht.

Ich kann auf ihnen tanzen und herumwirbeln. Ich schaukele zwischen ihnen wie ein Hampelmann an zwei Stäben, den man an seinen Fäden herumwirbeln kann.

Ich setze meine Füße auf, eins, zwei-drei, eins, zwei-drei.

Uh?

Ich geb's auf.
Ich hole mir die Nummer bei der Post.
Hier ist es mir zu dreckig.
Ach, wissen Sie...
Hinter den Kulissen ist es immer dreckig.

Na sowas.

Der traut sich was.

Ich verstecke ihn, bleche für ihn, helfe ihm wieder auf die Beine.

Und er...

Statt abzuzischen sobald er wieder flott ist, nistet er sich ein.

Und vögelt die Alte!

Chérie, er langweilt sich eben.

Nimm dich vor Pedro in Acht, Anne.

Er kann sehr gefährlich werden.

Tja.
Anne...
...ist gar keine Frau.
Sie ist ein kleiner Mann!
SUZE
Hab ich Recht?
Ein Mann, der sich gut verkleiden kann.
Du hast bestimmt schöne Brüste.
Oder?
TAP TAP TAP
Ich ziehe meinen BH aus, wenn du willst.
Dann kannst du es besser beurteilen.

Oh, oh, Nini!
Bring uns eine Flasche Champagner.
Euch geht's wohl zu gut?
Was wollt ihr mit Champagner?
Bist du sauer, Nini?
Komm.
Schenk uns ein Lächeln.
Schnipp
Bring Gläser. Zum Anstoßen.
Pass auf, Anne.
Keine Angst, Julien.
Der Spaß hat bald ein Ende.
TOK

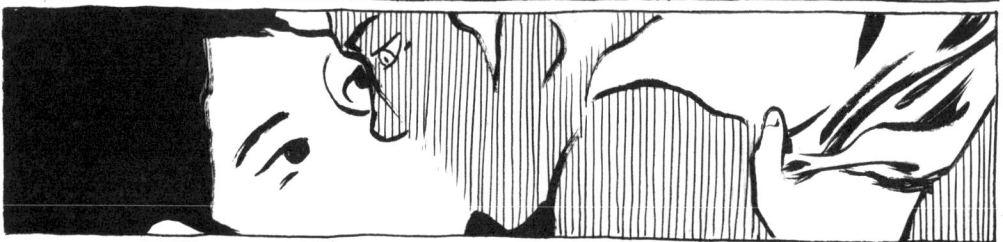

Er will dich umlegen, sobald ich abgehauen bin.

Damit seine Gastgeber in Sicherheit sind.

Und natürlich er selbst.

Ein Bett, zu essen, Sex.

Klar. Das wiegt eine wie mich locker auf.

Und er schlägt vor, dass wir uns Nini teilen. Sehr großzügig.

Damit ich nicht neidisch werde.

SSSCHHH..

Hier, Kleines.

Zieh das an.

Heute bringt Julien mich weg von hier.

Du hattest Recht, Rolande.
Kein Grund zu weinen.

Ich komme nach Paris,
früher als erwartet.

Auf der Fahrt erklärt mir Julien, dass meine neue Gastgeberin Annie mal eine Hure war. Ihr Kerl sitzt im Gefängnis. Sie lebt allein mit ihrer kleinen Tochter.

Ich bin ziemlich aufgeregt.

Aaaaah... Hallo.

Guten Tag!

Kommt rein.

Hier entlang.

Setzt euch.

Oh je!

Ich habe keinen Aperitif.

klack
Nounouche!
klack
Nounouuuche!!
Treibt sich schon wieder herum.
Gut.
Ich zeige euch die...
...Wohnung.
Es ist etwas eng.
Nur zwei Zimmer.
Du nimmst Nounouches Bett.
Da.
Sie schläft bei mir.

Vielleicht entsteht in der Enge mehr Wärme...

...als in der Spelunke, in der ich vorher war.

Ich rieche Paris und kralle mich sofort ein. Endlich wieder hier.

Ich bin ein Trümmerhaufen.
Aber ich fange wieder an zu leben und zu kämpfen.

Du bist meine Nichte. Auf Erholung nach einem Autounfall.

Du kommst aus der Provinz.

Mehr interessiert die Pariser nicht.

Die ist groß.

Und weit.

Ich kenne...

... die Nachbarn kaum.

Keine Ahnung, ob sie über meinen Mann Bescheid wissen. Mir egal.

Guten Tag, guten Weg.

| Bis auf Madame Villon auf unserer Etage. | Die Kinder gehen in dieselbe Klasse. | Da muss ich ihr manchmal einen Besuch abstatten. |

Eine Partie Karten spielen.

| Aber ansonsten... | ...gehe ich nicht viel aus. | Meine Krawatten ausliefern, das war's. |

Auf den Markt.

Samstags zur Besuchszeit.

Ihre Krawatten?

Stellen Sie ein, Tante Annie?

| | Scheint in Ordnung zu sein. Sie ist nett. |

| Ja, Annie ist nett. Aber vor allem eine starke Frau. | Spiel weiter die Naive, du siehst nichts, du weißt nichts. | Ich habe für zwei Monate gezahlt. Schlag dir hier ruhig den Bauch voll. |

Noch Wein, Anne?

Er hat nur 10 %, ist eher harmlos.

So, Nounouche. Ins Bett!

Morgen ist Samstag. Wir besuchen Papa im Krankenhaus.

Mein Schwager fährt uns hin.
Nach Didis Verhaftung konnte ich nicht gleich hierher zurück.
Sie hatten die Tür versiegelt.
Ich wollte lieber ein bisschen abwarten.
Also habe ich ein paar Wochen bei ihm gewohnt.
Tja.
Komm jetzt, Maus.
Wir gehen.

Ich will nicht mit. Nicht, weil der Knast mir Angst macht, aber es ist der einzige Moment, in dem die Bude mir gehört.

Dafür mache ich mich nützlich und scheuere den Boden und die Töpfe.

Und ich sehe über die schmutzige Wäsche in den Ecken hinweg.

Für ihre Rückkehr...

...kaufe ich Süßigkeiten im Laden.

Zwei doppelte Pernod im Bistrot.

Ich decke sogar den Tisch!

KLACK

Hallo!

Aha.

Morgen ist großes Familientreffen.

Hör mal, Anne.

Mach dich hübsch.

Der Weg ist hart und steinig. Irgendwann stoßen wir vielleicht auf einen Pfad mit mehr Magie.

Einige Tage später

Anne, ich habe dich betrogen.

War es wenigstens gut?

Ich muss los.

Ich habe wenig Zeit.

Wenn Julien „bis gleich" sagt, dauert es manchmal ein oder zwei Stunden.

Und ich? Ich kann nur sitzen und auf ihn warten.

Sag mal, Julien.

Kommst du zu meinem 20. Geburtstag?

BAM
Ach herrje.
FUMP!
Der Tag fängt ja gut an!
Für diese Woche reicht das Essen noch. Aber danach...
POP!
POP!
Könnte er nicht...
...dein Julien...
...einen kleinen Vorschuss zahlen?
Das ist aber ein starkes Stück!
Julien ist nicht mein Kunde.
Ich bin nicht scharf auf seine Kröten.
Er schuldet uns nichts, heute ist erst der 23.
Nicht mein Problem, wenn du zum Friseur gehst, Klamotten für die Kleine und Kram für Didi kaufst.
Heul mir nichts vor. Ich habe selbst nichts außer Zigaretten.

Du hast keine Ahnung, wie teuer alles ist.
Komm öfter mit auf den Markt, dann siehst du es.
Schön.
Du hast Recht.
TOCK TOCK TOCK
Ich drehe eine Runde und schaue mir die Preise an.
TOCK TOCK TOCK
Wann kann ich endlich wieder laufen? Weglaufen?

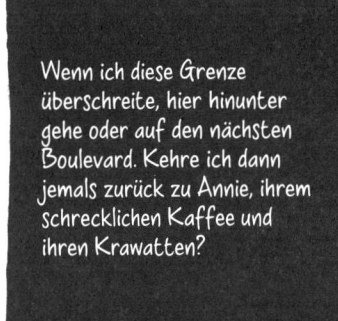

Wenn ich diese Grenze überschreite, hier hinunter gehe oder auf den nächsten Boulevard. Kehre ich dann jemals zurück zu Annie, ihrem schrecklichen Kaffee und ihren Krawatten?

Annie, die Bordsteinschwalbe vom Boulevard Sébastopol.

Aber ich brauche Annie wegen Julien. Ohne sie finde ich ihn nicht wieder!

Ich habe keine Adresse, keinen richtigen Namen.

Guck mal, Anne, dein Verehrer.

Ich drehe die Zeit zurück. Ich bin wieder sechzehn und schlendere die Straße entlang.

Das entscheide immer noch ich!
Los, zieh Leine!
Gehen wir etwas trinken?

Gut.

Warum nicht.

Ich bin abwesend, fügsam und denke an nichts.
Und komme nichtmal zu spät zum Abendessen.

Ich werde Annie nie wieder auf der Tasche liegen.

Alles Gute zum Geburtstag, mein Kätzchen!		kling
GRT GRT...		Ich mach die Biege. Meine Alte wartet. Schönen Abend noch.
gääähhnn	Tja, wir gehen dann auch ins Bett.	Denkt dran abzuschließen.
Komm, wir gehen ins Hotel. Unter falschem Namen. Das geht nicht, Kätzchen.	Nicht heute. Nimm mich mit!	In eine Bar! Ich bin müde.

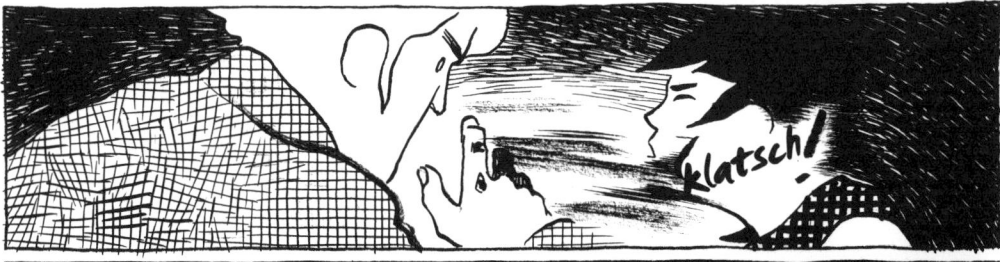

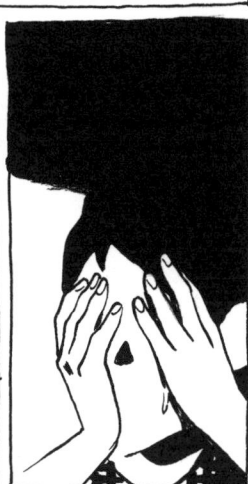

Julien!

Dies ist **mein** Abend.

Bin ich dafür ausgebrochen?

Wie lange willst du mich noch abspeisen, mit all den Pierres, Pedros und Annies?

klatsch!

klatsch!

"Ach, Julien...

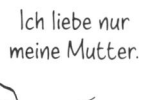

Ich liebe nur meine Mutter.

Ich liebe dich."

Dann akzeptierten wir die Tatsachen. Wir gestanden uns unsere Liebe.

Kurz darauf
...süße zwanzig Jahre alt.
Du lebst nur von Luft und Liebe.
Mit dir ist das Leben ein unendlicher Traum!
Ihr seid mir ein schönes Paar.
Lange sehe ich mir das nicht mehr an.
Weißt du, Julien...
Meine Wohnung ist kein Bordell!

Und... **Stimmt, Annie!**	**Darum bleibe ich keine Minute länger hier.**	**Ich ziehe aus. Dann kannst du ungestört Besuch empfangen...**
...von wem du willst.		**Hilf mir, den Koffer vom Schrank zu holen.**
Du bist ein Flittchen!	**Ein Miststück!**	**Genau. Und eine Schlampe und Nutte.** **Klar.**
Bist du fertig? Kann ich gehen?		

Tja, dann...

Eine Szene wie im Kino, mit Geschrei und Tränen. Tapp tapp tapp.

Ich komme mir ziemlich albern vor.

Wir hätten heute Abend lieber noch trinken und quatschen sollen, als wären wir echte Freundinnen.
Die Kleine schläft, der Koffer wäre auf dem Schrank geblieben wie eine Drohung.

bald...

bald...

Den trage ich aber nicht mehr zurück.
Das ist die Gelegenheit. Heute Abend oder nie.

Wo willst du hin, Anne?
Wie soll ich dich finden?
Sie schnappen dich.
Dann war alles umsonst.
Das wäre das Schlimmste für mich.
Du gehst weg und ich sehe dich nie wieder.

Aber ich werde dich finden, wenn du es willst. Nenn mir Ort und Zeit für ein Treffen, wo und wann du willst. Ich habe nichts anderes zu tun, als auf dich zu warten. Nur auf dich.

Einen Monat später

tock tock

Herein.

Guten Morgen.

Schönen Tag, Madame.

Du kannst rauskommen.

Komm!

Ich habe Hunger!

Hunger!

Ich rauche eine und haue ab.

"Dein Zug fährt erst um 11 Uhr."

"Eine Minute hast du noch..."

Ich berühre seine glatte, schimmernde Haut. Ich präge mir jedes Detail ein, jeden Leberfleck. Um mich an alles zu erinnern. Um stark zu sein.

Bis zum nächsten Glücksmoment, zwei-, dreimal im Monat.

Ich will zu Julien sagen können: „Keine Sorge, ich komme klar." Ich bleibe frei für ihn, seine geheime Insel. Damit er die langen Monate vergisst, in denen ich von ihm abhängig war.

Und den Verdacht, ich hätte ihn nur aus Dankbarkeit geliebt.

Mein neues Nest ist gefährlicher, aber gemütlicher. Ich lasse es leer und geräumig für ihn.

Zum Geldverdienen nutze ich nur eine kleine Kammer.

LAMOT PILS
Bière BELGE
HOTEL
Kann ich die bis heute Abend hier lassen?
Stell sie da rüber, dann klaut sie keiner.
Und guten Fang, Kleines.
RICARD
RICARD
PRIVÉ
CINZANO

Ich laufe durch die Straßen. Für das Warten in der Bar habe ich keine Zeit.

Den Straßenstrich mag ich nicht. Außerdem bin ich keine gewöhnliche Nutte.

Ich mache es, weil es schnell geht. Ich brauche weder feste Arbeitszeiten noch eine Ausbildung.

Angst habe ich nur vor der Polizei, weil ich bei einer Razzia keine Papiere hätte.

Ständig wechsele ich die Straßen.

Die Hotels.

Mein Äußeres.

Ich beschnuppere die Passanten, bevor ich ihnen antworte. Bleib stehen, geh weiter, lächle, komm mit.

Ich unterdrücke meine Müdigkeit und meine Abscheu, bis ich eine bestimmte Summe verdient habe. Dann sinke ich in einen langen, köstlichen Schlaf.

Später werde ich natürlich andere „Geschäfte" machen, große, herrliche.

Aber bis dahin geht es ums Überleben.

Ein Jahr bin ich schon draußen.

Ich habe Hunger nach tausend Dingen.

Und der Hunger nach Julien besteht aus tausend kindlichen und vermessenen Wünschen.

Ps-pss...

Hallo Kätzchen!
Uiii!
Ist das deins?
Jep.
Sogar mit Fahrzeugschein.
Und Zulassung.
Und Versicherung.
Nimmst du mich mit?
Hm.
Also...
Ich...
Uh...

Es tut mir leid, Anne.

Aber heute Abend...

... geht es nicht.

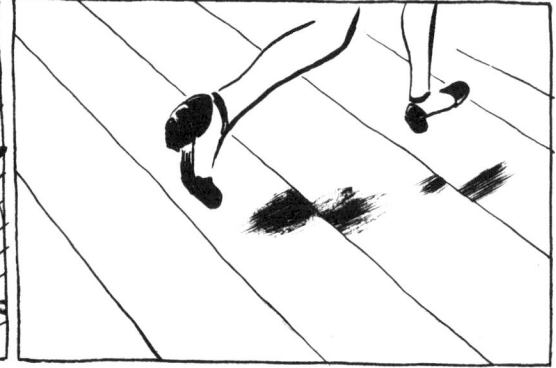

Anne...

Nicht heute...

Aber bald!

Anne!

Wenn er mir von seinen Freunden erzählt, sich hektisch verabschiedet...

...und mich am Ende zärtlich anlächelt, weine ich.

KLICK!

KLICK!

IIe CLASSE

IIe CLASSE

FUMER ET DE CRACHER

Heute war es anders.

Ein Glas Wasser, bitte.

Mit fünfmal soviel Pernod.

Ich spürte, dass Julien in Paris bleiben wollte, dass er mich verließ um die Andere zu treffen.

Die Andere, deren Existenz und Gestalt immer deutlicher wird, obwohl Julien sie mit Schweigen umgibt.

Irgendwann werde ich diesen Schatten finden und ihn zermalmen.

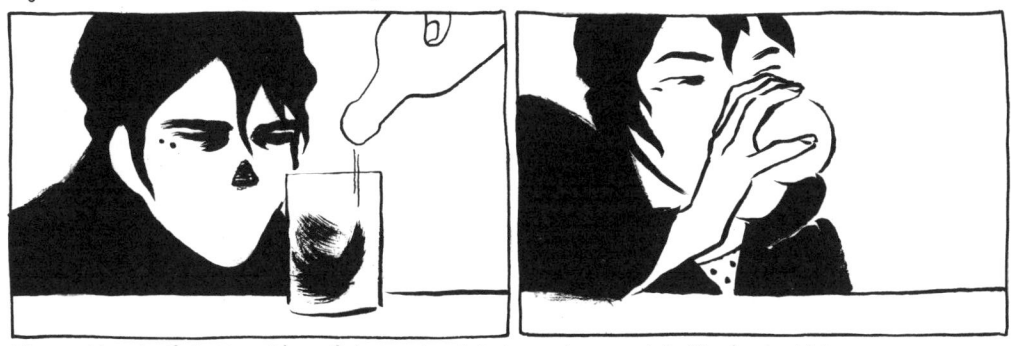

Nein, *ich* bin der Schatten. Meine Schattenhände haben nicht einmal die Kraft, den Hals eines anderen Schattens zuzudrücken.

Ich muss Julien mit seiner ganzen Bande hinnehmen. Ich muss mich ihm vorsichtig nähern, bis ich neben ihm laufen kann.

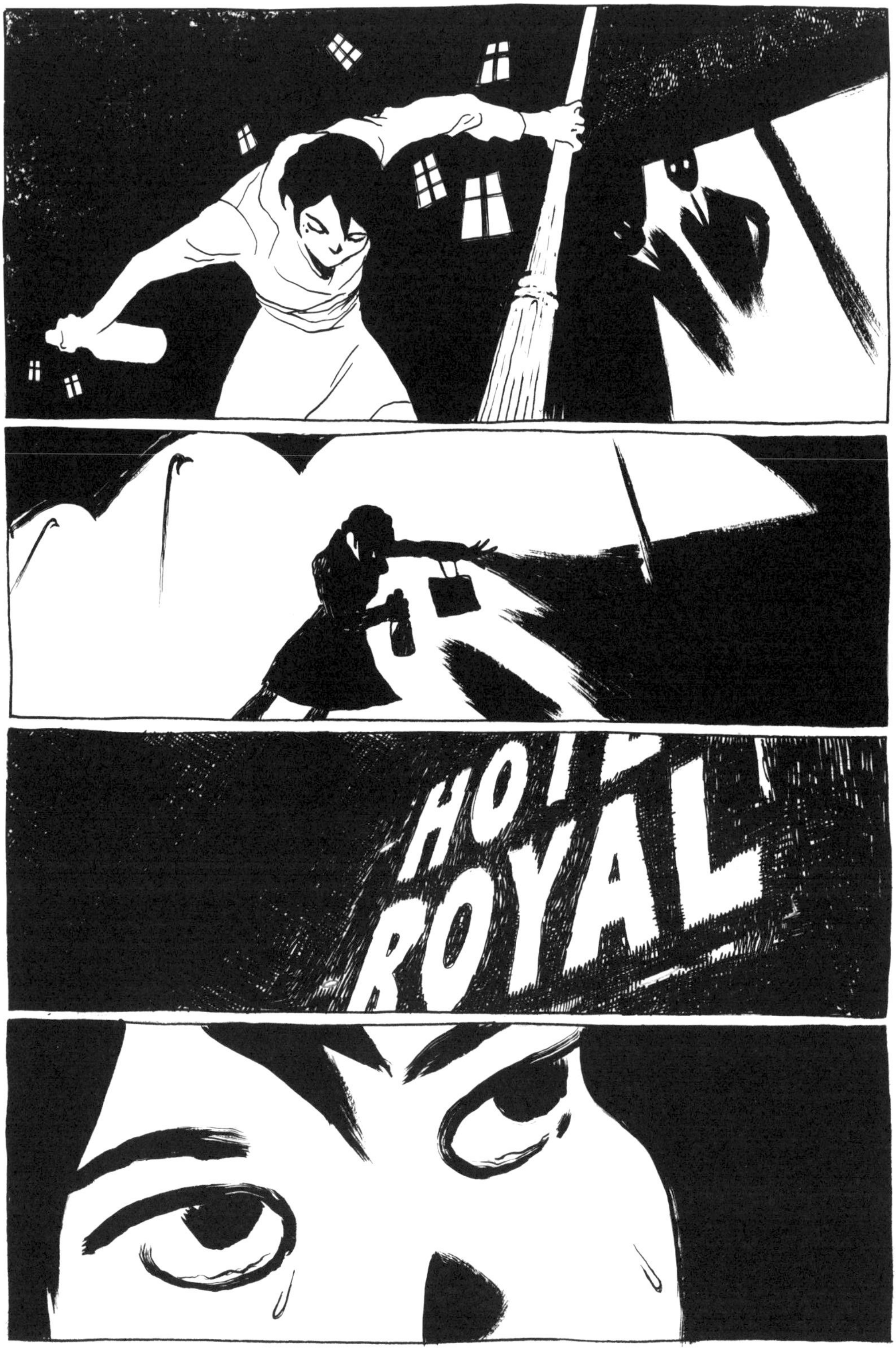
ROYAL

TOCK

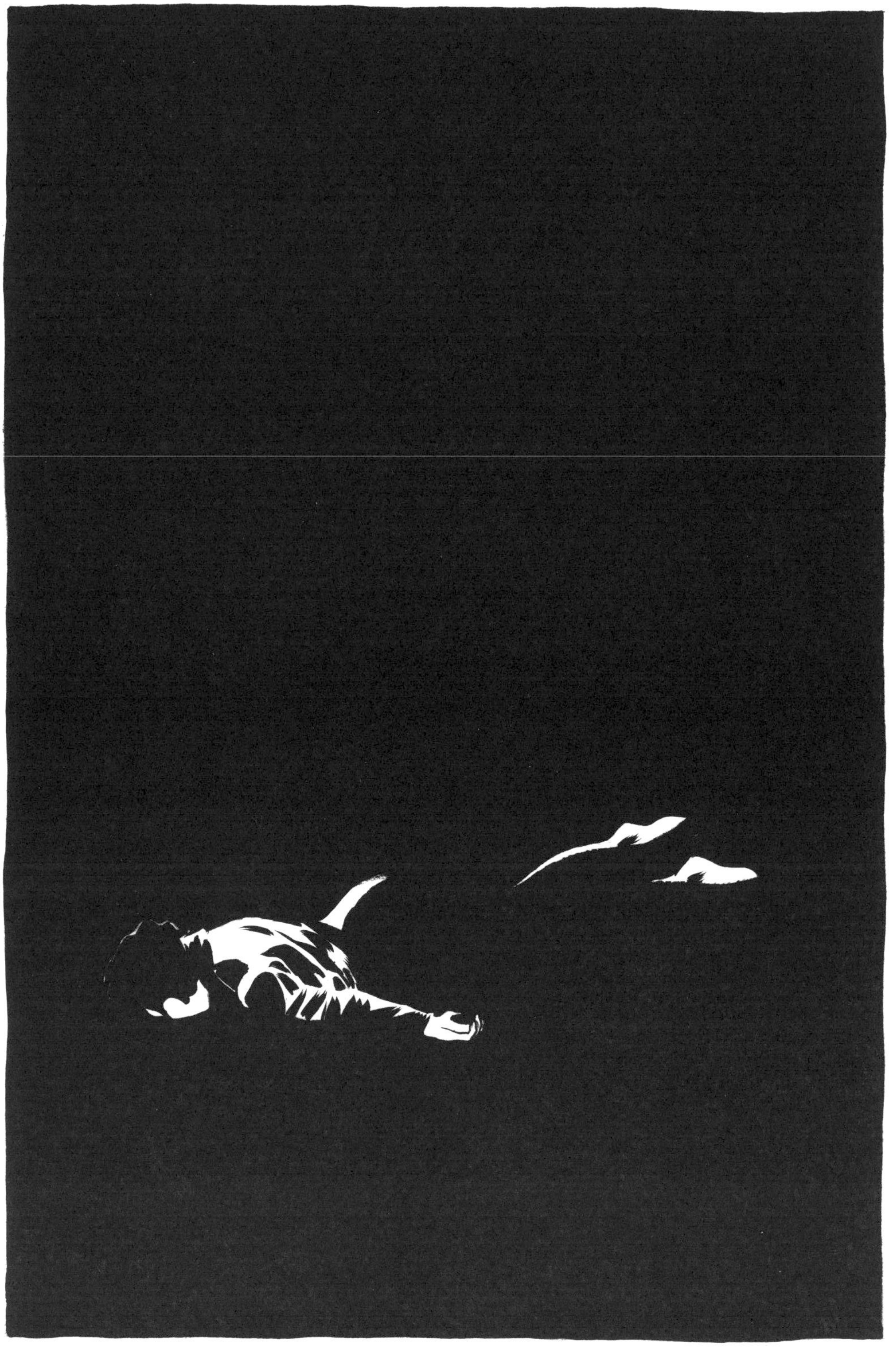

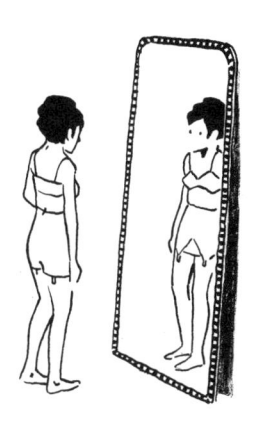

Du sagst, du hast keine schönen Beine?

Von wegen.

Ein Bein wie ein Pin-up und eins wie eine Puppe.

Lass den Quatsch, du nervst.

Jean!

Jean.

Jean, der Mechaniker.

Jean, meine sichere Zuflucht.

Zuerst war Jean ein Kunde. Einer von denen, die ich mit raufnehme, ausnehme und dann fallen lasse.

Aber Jean war besonders hartnäckig.

Ich... ...suche Sie überall.

Seit einer Woche.

Mir...

...tut schon der Kopf weh von all den Pastis, die ich in den Bistrots gesoffen habe.

Jetzt habe ich Sie gefunden.

Das ist die Hauptsache!

Aha.

Die Hauptsache.

Na dann, tschüs.

Gehen Sie mit mir essen?

Gern.

Aber macht es Ihnen etwas aus, mich in anderthalb Stunden hier abzuholen?

Sie wollen noch arbeiten?

Gehen wir essen. Sie sagen mir, wie viel Ihnen dadurch entgeht. Ich zahle es Ihnen.

Madame.

Monsieur.

Sie sind die Erste, die ich mit nach Hause nehme.

Ich weiß.

Sonst halte ich den Männern für ihre Küsse nur die Wange hin. Bei dem hier habe ich fast Lust zum Küssen.

Jean ist wie eine Verschnaufpause für mich. Bei ihm kann ich gut schlafen. An seiner Schulter kann ich ausruhen.

Aber ich denke an andere Schultern.

Ach...

...Julien.

Vor Tagesanbruch haue ich ab. Ich bin schließlich frei!

Mein Postfach an der Rezeption ist leer. Wie jeden Abend.

Jeden Morgen hoffe ich, dass das Telefon klingelt. Aber er ruft nicht an.

Verdammtes Telefon.

Verdammte Julien.

Verdammtes...

... Leben.

Jean liebt mich.

Ich verstehe dich einfach nicht.

Du hättest immer Geld.

Das stört mich.

— Warum riskierst du lieber, geschnappt zu werden? Außerdem liebst du die Kerle doch gar nicht.

— Aber Jean, liebe ich dich denn?

— Trotzdem komme ich fast jeden Abend her.

— Warum?

— Weil es praktisch ist. Verstehst du?

— Es ist praktisch.

— Ich mache mich über dich lustig. Über sie. Über euch alle!

163

Um glücklich zu sein, bräuchte ich eine Nachricht von Julien.
Ich habe seit sechs Wochen nichts von ihm gehört.

Versuch ja nicht, zu meiner Mutter zu fahren! Bleib in Paris und warte auf mich.

Ich komme immer zurück.

Egal. Ich kann mich nicht länger an sein Verbot halten. Irgendetwas muss passiert sein.

Ich muss es wissen.

Julien hat vorgestern geschrieben. Er ist in X. Er wurde verhaftet.

Aber...

Seit wann?

Seit vier Wochen war er nicht mehr hier. Sonst kommt er jeden Sonntag.

Auch wenn es nur für...

...fünf Minuten ist.

Ich könnte ihr Geld dalassen, das sie ihm schicken würde. Das wäre „diskret". Aber ich habe den Stolz einer Liebenden. Ich will Julien nicht anonym Geld zukommen lassen.

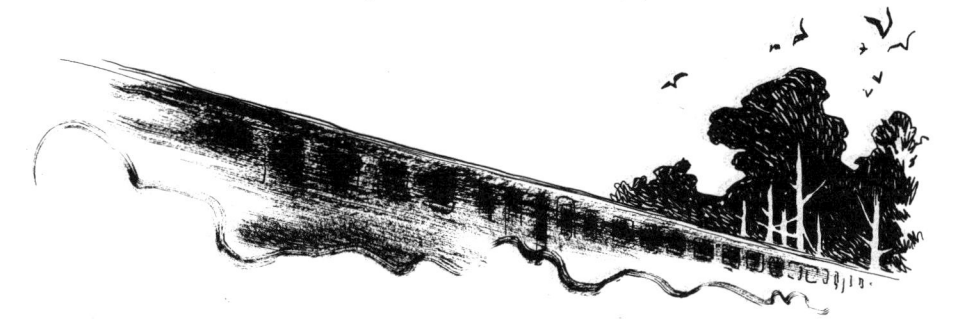

Wohin jetzt mit dem ganzen Zaster?

tock
tock
Annie mit ihren hellen Augen, ihren Nuttenaugen.
Hallo Annie.
Oooh.
Die Augen einer Mutter.
Oh Anne!
Die Augen einer Freundin.
Du hast mir gefehlt.
Ein kleiner Streit festigt die Freundschaft.
Stimmt doch?
Du siehst so elegant aus.
Aber Aaaanne..!
Was ist das?
Das war doch nicht nötig!

Annie.	Kannst du ein paar Tage auf mein Paket aufpassen? Ein ziemlich kostbares. Du weißt schon.	Ich will Ferien machen.
Und ich will das nicht mit mir herumschleppen.	Ich fahre ohne Gepäck. Weiß noch nicht, wohin.	Damit die Zeit schneller vergeht, bis Julien wieder frei ist.
	Er sizt.	Und ich...
... möchte mal raus.	Sonne. Meer.	Ausschlafen.

Nichts zwingt mich, im Regen zu warten.

Früh um acht gehe ich an den Strand und bleibe bis zum Abend dort.

Das Rechteck meines Handtuchs verlasse ich kaum.

Nur für ein kurzes Bad.

Julien soll nicht das bleiche Mädchen der ersten Nacht wiedersehen.
Ich werde braungebrannt und schön sein und ihm gefallen wie eine neue Frau.

Sogar meine Narbe am Fuß ist braun.

| Niemand weiß… | …dass ich aus dem Schatten komme. | Und dahin zurückkehre. |

tock tock		Hallo Annie, da bin ich wieder.
Ich komme, um mein Geld abzuholen.	Annies Verzweiflung ist allzu perfekt.	Die gestammelten Sätze hat sie bestimmt vorm Spiegel geübt.
Die Wörter fallen aus ihrem Pferdegesicht wie Brocken.		Ich bin weder überrascht noch entsetzt.
Nur ein bisschen traurig. Und irgendwie ist mir übel.	Ich rauche und atme... ...regelmäßig ein und aus.	Luft, Rauch, Luft, Rauch, ein und aus. Ich halte mich daran fest.

Aber wie konnten sie reinkommen?	Du bist nachts immer hier und tagsüber ist das Treppenhaus voller Leute. Ach...	Wahrscheinlich ist es passiert, als wir im Kino waren.
Ohne dich sind die Abende lang, weißt du.	Aber das Schloss ist nicht einmal kaputt!	
Uh... Vor Jahren hat Didi ein paar Leuten den Schlüssel gegeben.	Ja, wirklich, wie..?	Schön.
Gib mir, was übrig ist und wir vergessen die Sache.	Sie haben ja wohl nicht alles geklaut, oder?	

Wie ich Annie kenne, hat sie nicht den Mumm, alles zu behalten: Sie kann nicht einmal eine Gaunerei wie die hier durchziehen.

Schau!

Ich habe es seitdem nicht mal geschafft aufzuräumen.

Die Bude war immer so unordentlich, dass mir das arrangierte Durcheinander gar nicht aufgefallen war.

Sie haben alles durchwühlt.

Aber es stimmt, heute sieht alles weniger abgelagert aus.

Na, dann bis bald, Annie. Mach dir deswegen keinen Kopf.

Julien ist bald wieder da. Didi bestimmt auch.

Du bist meine Freundin. Bei Freunden rechne ich nicht nach.

"Ah, du bist braungebrannt wie eine kleine Südseeschönheit."

"Komm rein, meine Schöne."

"Jean."

"Was ist denn los?"

"Du weinst doch sonst nie!"

Tja, ab jetzt ist das anders.	Es gefällt dir, wenn ich schwach bin, oder?

Nein, nein.

Schau, was deine Südseeschönheit mitgebracht hat.

ffsch!

So viel Geld lag bestimmt noch nie auf deiner Bettdecke!

Dann erzähle ich ihm alles: über Annie, meinen Ausflug ans Meer, Julien, meinen gebrochenen Fuß und die Flucht aus der Anstalt.

Wir schweigen lange.

Wegen der Fahndung bin ich ständig in Gefahr.

Ob ich auf den Strich gehe, klaue oder einfach nur spazieren gehe.

Egal, wo ich bin oder was ich tue, ich mache mich schuldig.

Weil ich hier bin und nicht im Gefängnis.

Der Knast wartet immer auf mich.

Du musst nur ein Wort sagen und ich packe meinen Koffer. Sonst ziehe ich dich da auch noch mit hinein.

plaff

Bist du verrückt, das aufzuheben?

Mein Foto!

Das hängt in allen Polizeiwachen.

RRRRRRUTSCH!

Ich bin ausgebrochen!

tack

Weißt du denn nicht, was das heißt?

Aber Kleines ...
...ich weiß es ja erst seit fünf Minuten.
Du bist wirklich allerhand.
Aber das macht nichts.
Bleib bei mir.
Mir fällt schon etwas ein, wenn die Polizei kommt.
Ich habe nichts zu verbergen.
Ich passe auf dich auf, solange du willst. Es bleibt alles beim Alten.

Aber...

...du willst wohl lieber zu deinem Kerl.

Anne.

Vielleicht ist er schon wieder frei.

"Vielleicht sucht er ganz Paris nach dir ab."

"Ich lasse meine Sachen hier. Bringst du sie in die Reinigung?"

Jean.

Ich stelle mir vor, wie gut er für mich sorgen würde.

Mit verkniffenem Gesicht.

Julien.

Julien.

RING RING!!

Rendezvous am Silvesterabend um 19 Uhr, im Bahnhofscafé.

Es ist fünf vor sieben.

In fünf Minuten halte ich den Film an.

Gewühl von Menschen und Autos, Pfiffe und Rauchschwaden von den nahen Gleisen. Alles um mich herum erscheint mir schön und glänzend.

Heute Abend löst sich der Schatten auf und Licht durchflutet mich.

Drei vor sieben.

Ich bin da.

Ich habe meinen Weg wiedergefunden. Durch dunkle Nebengassen bin ich gehumpelt und geschlichen, aber immer bin ich auf mein Ziel zugegangen.

Zu meinem Fixpunkt.

Ich war immer auf Kurs.

Ups

Klick!

Hallo Julien.

Ich glaube, heute bin ich zum ersten Mal pünktlich.

Seine Haut glänzt wie frisch gewaschen.

Er schüchtert mich ein wie etwas Heiliges oder Verbotenes.

schhh

Du trägst jetzt Schnurrbart?

Wir plaudern ein bisschen, schieben Worte vor unsere Gedanken.

Ich erzähle von mir und er von sich. Unser Wir ist das Schweigen. Unser Wir kommt später.

Drei Monate plus drei Monate, das macht sechs lange Monate Trennung. Julien erzählt mir von seiner Verhaftung, den Verhören, seiner Angst um mich.

Bei mir ist alles unverändert. Ich bin hier ohne Namen, ohne alles.

Fast nackt, wie am ersten Abend.

Nein, warte!

Ich habe ein bisschen Geld.
Fürs Benzin.
Wenn ich mit dir gehe.
Du nimmst mich doch mit, oder?
Komm, wir hauen ab.
Das hier ist zwar „meine" Stadt...
...und die Bullen lesen mir jeden Wunsch von den Augen ab.

Aber ich gehe so bald nicht wieder in den Bau, Anne.
Mir egal, ob ich wieder eingesperrt werde. Jetzt, wo ich dich wiedergesehen habe.
Red keinen Quatsch, küss mich.
Hallo Anne.

Hauptsache, ich kann noch ein bisschen neben ihm gehen.
Neben oder hinter ihm. Damit ich ihn anschauen und berühren kann.

Anne, meine Liebste.

Meine Einzige.

So wie heute.

Für die Zeit, die uns bleibt.

Ich weiß nicht, wohin wir beide gehen sollen.

Aber wir gehen weit weg. Und für lange.

Komm, wir fahren ans Meer.

Magst du?

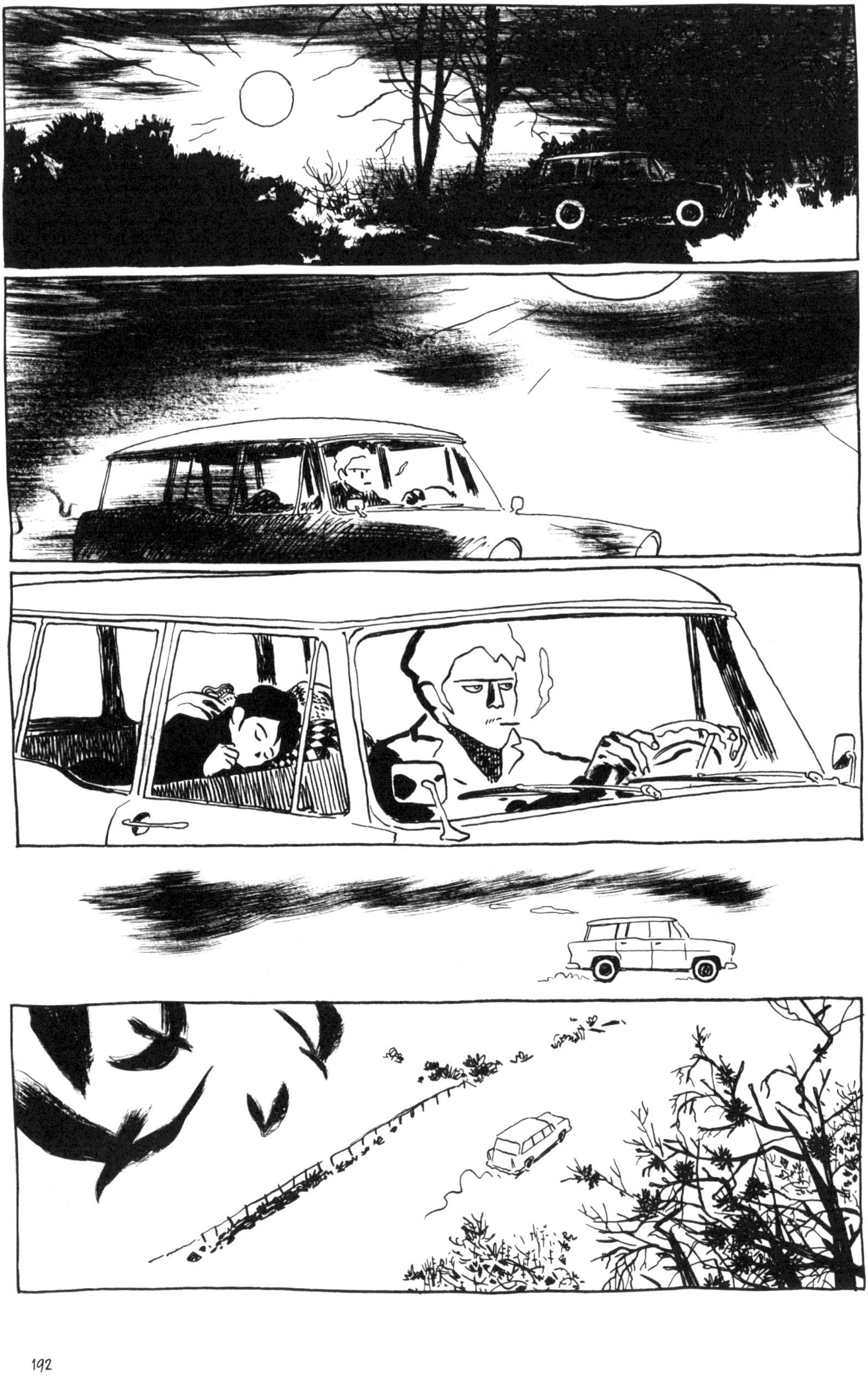

Da ist das Meer.

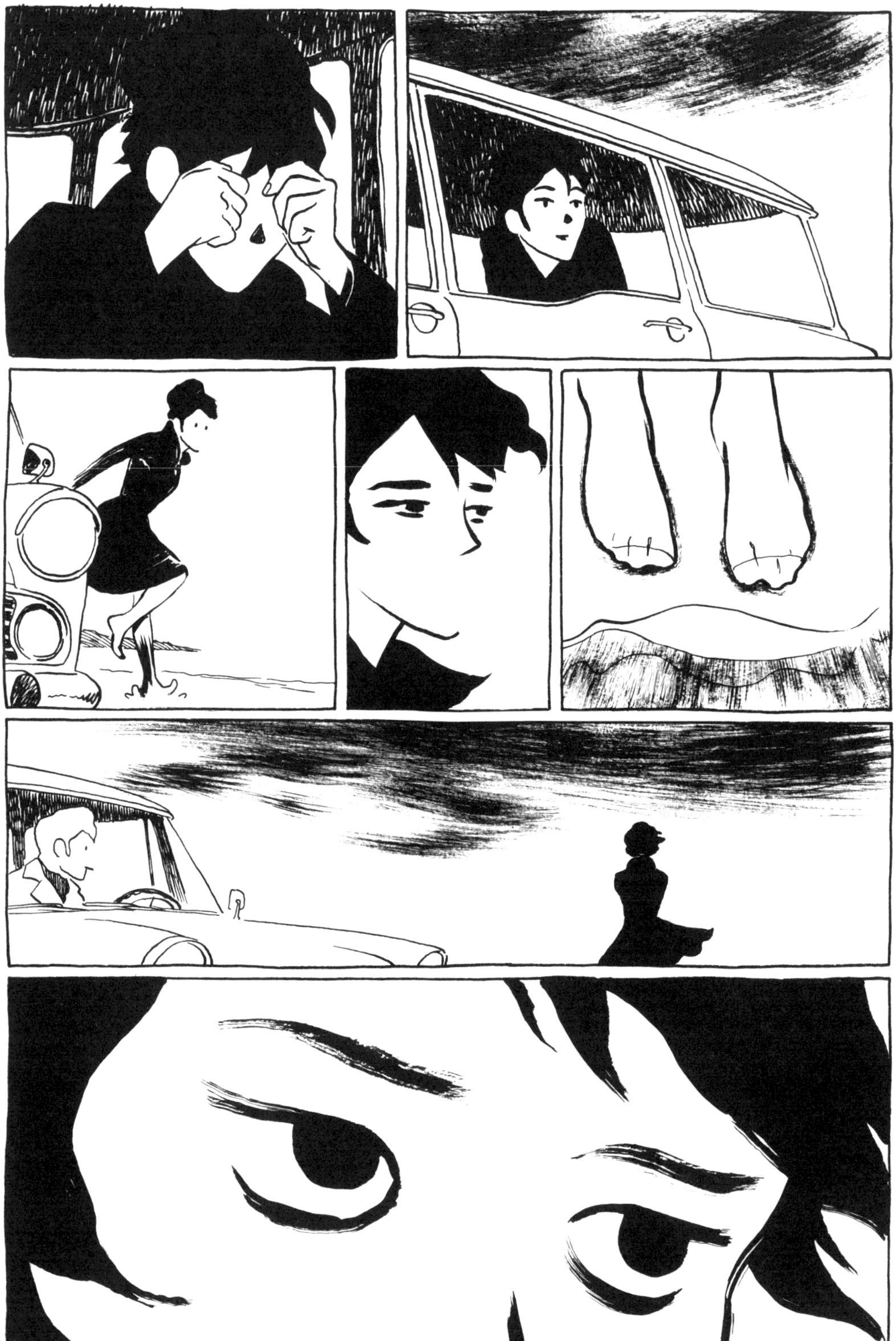

Komm.

Hör mir zu.

Hör bis zum Ende zu.

Es geht um die andere.

Ich ahnte, was er jetzt sagen würde. Aber ich ahnte nicht, dass die Realität der Worte so schmerzhaft und erschütternd wie ein Pistolenschuss sein würde. Solange die eine Frau, die anderen Frauen, ohne Namen und Gesichter um Julien herumschlichen, konnten mein Lachen und meine Jugend sie besiegen. Sie gingen durch mich hindurch, ohne mir allzu sehr weh zu tun.

Nimm sie dir, Julien, nur zu, nimm sie alle.

Aber ich habe nicht das dicke Fell eines Beichtvaters.

Es gibt nichts zu verstehen und nichts zu verzeihen. Ich muss den Hass beherrschen, der jetzt in mir aufsteigt und mir aus den Augen sprüht. Und den Wunsch, zu schreien, zu kratzen und zu schlagen.

Anne, bitte!

Wenn ich dir doch sage, es ist vorbei.

Ich liebe nur dich.

Ab morgen gibt es nur noch uns!

Aber gestern, Julien.

Gestern...

| Wenn ich mir vorstelle, dass sie am Gefängnistor stand, wo ich so gern gewesen wäre. | Du hast deine ersten Stunden in Freiheit mit ihr verbracht, sie zuerst geküsst. | Und ich hatte nur dich im Kopf, habe nur auf die Minute gewartet, in der ich dich endlich wiedersehe. |

| Ich dachte ja auch, dass Eddie mit dir kommen würde. Aber... | ... dann brachte er die Andere mit. Er hat nicht gemacht, was ich ihm gesagt habe. | Versteh doch, Anne. Bitte. |

| Sie hat sich bei uns zu Haus alle gekauft. Meine Mutter. Die Kinder. | Mit Blumen, Spielsachen, Klamotten. | Sie hat eine Arbeit und ist so alt wie ich. Und sie ist anständig und sauber. |

Ich soll sie heiraten. Ich hatte gehofft, dass du mich abholst, aber dann stand eben sie da und empfing mich mit ihrem Überschwang.

Verstehst du?

Und was ist mit mir?

Du... du wärst meine Geliebte.

Mein Geheimnis.

Ich werde sie aus dem Heute und dem Morgen vertreiben.

Ich will, dass du ihr alles wieder wegnimmst, was du ihr gegeben hast. Du warst bestimmt so freigiebig wie immer.

Ich will, dass du sie nie wieder umgarnst.
Dass du sie nie wiedersiehst.
Hier.
Meine Briefe an dich. Aus dem letzten halben Jahr.

Staunend entdecke ich, was Liebeskummer ist. Mir ist schlecht, alles tut mir weh, und diesmal gibt es keine Drogen und keine Ausflucht.

Ich bin nur noch Schmerz.

Einzelne Bilder überschwemmen mich, ich will schreien. Diese Leere. So qualvoll ist Liebe. Ich werde wahnsinnig vor Schmerz.

Danke Julien, dass du mir so weh getan hast.
Jetzt weiß ich, wie das ist.
Ich bin wie eine dieser Frauen, die ich für ihr Betteln um Liebe immer verachtet habe.

Jetzt bin ich es, die dir ins Hemd schnieft.

Anne.

Deine Briefe hauen mich um.

Verzeih mir.

Was verzeihen?

Na, die Andere.

Ich kümmere mich jetzt sofort darum. Damit du aufhörst zu weinen.

Komm, wir fahren.

Zurück nach Paris.

Ich mache Schluss. Noch heute Nacht.

Ich will sie schon lange abservieren. Deine Briefe bringen mich endlich dazu.

Immer der dumme Wunsch, nichts kaputtzumachen.

Egal. Sie wird dafür zahlen, dass ich dir weh getan habe.	Aber bis Paris sind es 300 Kilometer. Eben! Los!

Anne.
Wach auf.
Du gehst schon mal ins Hotel.
Ich erledige die Sache. Dann hole ich dich ab.
Du landest mit ihr im Bett.
Keine Sorge.
Um Punkt acht bin ich da.
Ruh dich aus und vergiss nicht, dich wecken zu lassen.

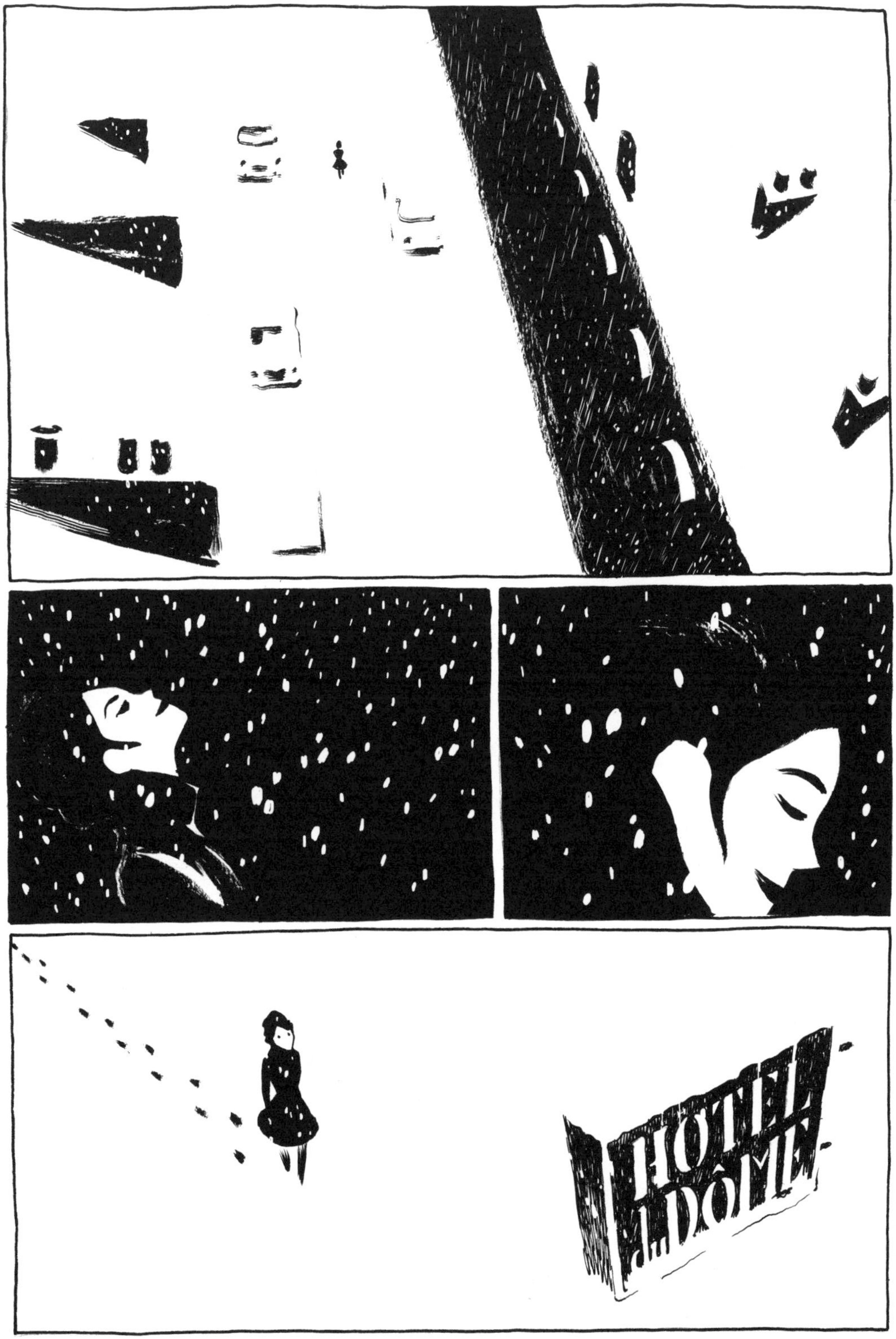
HÔTEL
du DÔME

plaff

TOCK TOCK TOCK

Herein!

Es ist sieben Uhr, Madame.

Rolande?

Was machst du denn hier, Rolande?

Willst du nicht mit mir frühstücken?

Davon haben wir doch immer geträumt, wenn wir den Fraß im Gefängnis verschlungen haben.

Dieses Mädchen, das so aussieht wie Rolande, passt zu den Tränen von gestern.

Und von vorgestern.

Nicht mehr die alte Zärtlichkeit.

Kein Kummer soll mich noch lähmen.

Vorbei.

KLACK!

Julien kommt in einer Stunde.

Schnell jetzt!

Deine Gegenwart wird allen Schmutz aus meinem Leben bannen.

Ab jetzt werde ich immer bei dir sein. Wie dein Schatten.

Julien!

In einer Minute springe ich zu dir hinunter.

Hallo Anne.

Ich suche dich schon sehr lange.

Komm.

Geh voran.

Versuch ja nicht abzuhauen.

Julien sieht uns gleich vorbeigehen.

Er wird verstehen, dass ich etwas zu spät komme und dass es nicht meine Schuld ist.

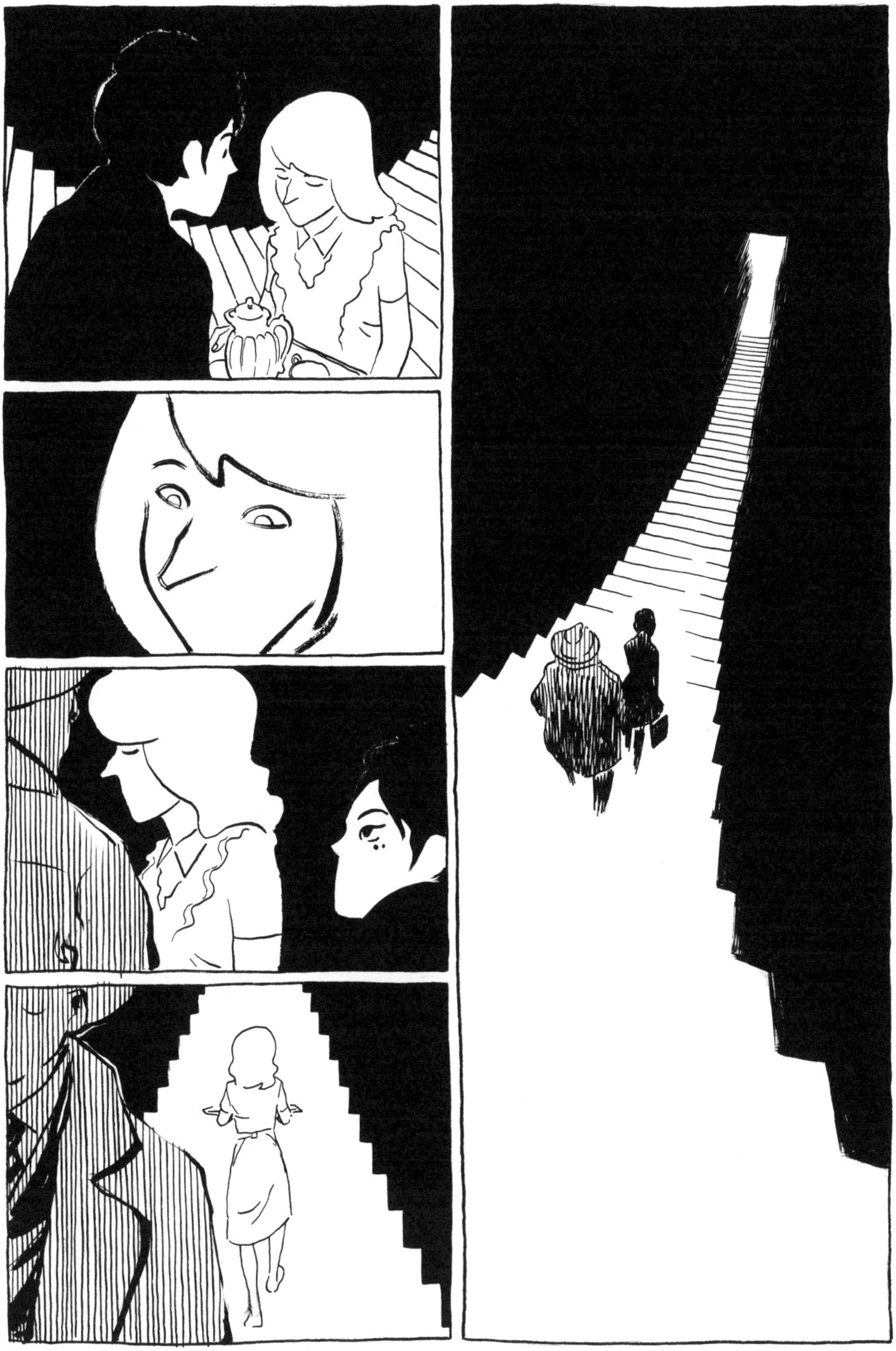

Mach dir keine Sorgen.

Auf der erleuchteten Plattform werden wir uns wiedersehen.

Einer von uns steht noch unten. Wir müssen Schritt für Schritt klettern. Kein Ausruhen.

Egal, ich kann laufen! Ich gehe vor dem Kommissar die Treppe hinunter. Fast ohne zu humpeln.

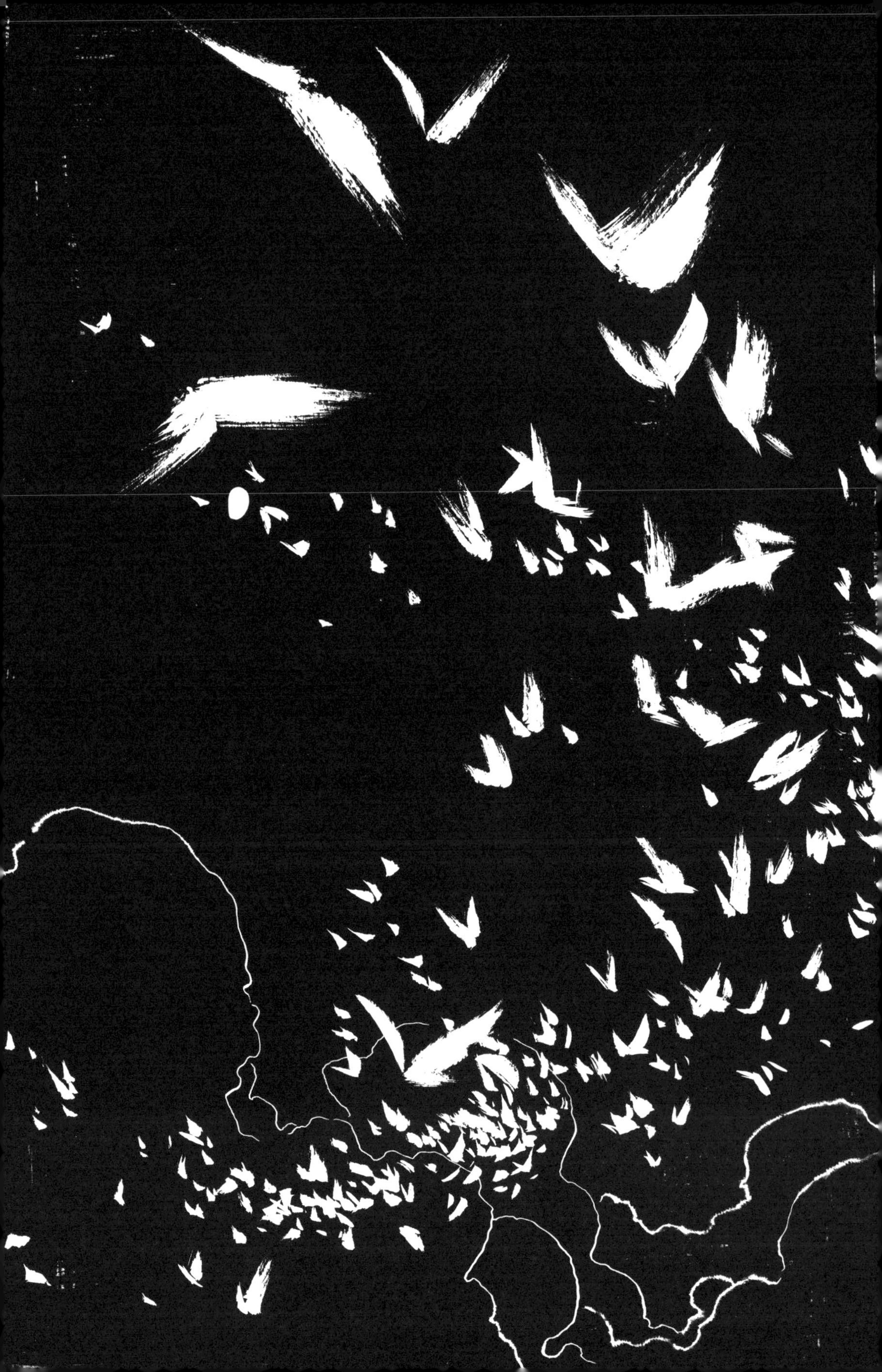

Ich weiß nicht, was ohne sie aus mir geworden wäre…

Ob ich als Frau genauso selbstbewusst durchs Leben geschlendert wäre, Probleme ebenso unerschrocken angepackt hätte ohne Albertines Vorbild? Hätte die Poesie meiner Jugend ohne die Leitlinie *Astragal* denselben Biss gehabt?

Ich entdeckte Albertine 1968 beim Stöbern in Greenwich Village. An Allerheiligen, wie ich später in meinem Tagebuch notierte. Ich hatte Hunger und brauchte dringend einen Kaffee, aber erst ging ich auf einen Sprung in den Eighth Street Bookshop und warf einen Blick auf die Tische mit den preisreduzierten Büchern. […] Ich hielt Ausschau nach dem einen, dem besonderen Buch, das nur auf mich wartete, das mir nie gesehene Wege aufzeigen würde. Ein faszinierendes, stilles Gesicht auf einem Umschlag in Schwarz und Violett zog mich an, dazu die Zeile 'ein weiblicher Genet'. Es kostete 99 Cent, soviel wie ein Käsetoast und ein Kaffee im Waverly Diner drüben an der Sixth Avenue. Ich besaß noch einen Dollar und eine U-Bahn-Marke, aber als ich die ersten Sätze des Romans gelesen hatte, war ich verloren – der geistige Hunger besiegte den des Magens, ich kaufte das Buch.

Es handelte sich um *Astragal*, das Gesicht auf dem Cover war das von Albertine Sarrazin. Auf der Rückfahrt nach Brooklyn las ich die spärlichen biografischen Angaben im Klappentext. Da stand nur, dass sie als Waise in Algier geboren war, dass sie im Gefängnis gesessen und zwei Bücher geschrieben hatte, eins in der Haft und eins in Freiheit. Sie war vor kurzem, 1967, noch vor ihrem 30. Geburtstag, gestorben. Das berührte mich sehr, ich hatte eine Schwester im Geiste gefunden und sie sogleich wieder verloren. Ich war noch keine 22 und hatte mich von Robert Mapplethorpe getrennt. Der Winter war hart für mich gewesen, ich hatte die Nähe eines Mannes für eine ungewisse andere Beziehung aufgegeben. Mein neuer Liebster war Maler, er kam unangekündigt, las mir aus Notre Dame des Fleurs von Jean Genet vor, schlief mit mir und war wieder wochenlang weg.

Ich hatte schlaflose Nächte, nichts konnte meine Rastlosigkeit besänftigen. Ich war gefangen im zerfasernden Drama des Wartens – auf Inspiration, auf ihn – diese tückische Folter. Meine eigenen Texte genügten nicht, nur die von jemand anderem konnten mein Leiden in Kreativität ummünzen.

In *Astragal* fand ich diese Texte, verfasst von einer acht Jahre älteren Frau, die schon tot war. Im Lexikon stand sie nicht, also musste ich sie mir selbst zusammensetzen (wie auch Genet), aus jedem ihrer Worte; ich wusste, das Denken des Dichters muss die falschen Töne demaskieren, um zur Wahrheit vorzustoßen. Ich machte Kaffee, schüttelte die Kissen in meinem Bett auf und begann zu lesen. *Astragal* war für mich das Gelenk zwischen Fakten und Fiktion. […]

Die Heldin ist mit ihrem verletzten Bein in der Horizontalen gefesselt, sie muss herumgetragen werden. Ein Engel mit gebrochenem Flügel. Und sie ist zum Warten auf ihren geliebten Gauner verdammt – ihre Sehnsucht nach ihm ist eine Art besondere Haftstrafe. Ich stellte sie mir trotzdem als freien Menschen vor, in einem kessen engen Rock und einer ärmellosen Bluse, in der Taille geknotet. Vielleicht mit einem kleinen Halstuch aus Chiffon. Sie war eine zierliche Person, aber kein trippelndes Püppchen, eher eine Stange Dynamit, die zwar beim Explodieren niemanden umbrachte, aber mit Sicherheit Verheerung anrichtete. Sie besaß eine rasche Orientierung. Erstaunlich, wie genau sie ihre Freier oder eine Geste ihres Lovers einordnen konnte. Ihre knappen Kommentare sind treffend und beißend. „Du bürdest mir deine Liebe auf." Ihr ureigenster Slang ist eine Mischung aus Argot und Latein.

Ein weiblicher Genet? Sie ist sie selbst. Sie besitzt einen sehr speziellen trockenen Humor. „Ich brach zu Ostern aus, aber die Auferstehung fiel aus." Ihr kräftiger, schlanker Stil erinnert an einen schmalen Gebirgsbach, der Felsen vor sich herschiebt; eine dunkle Blutbahn. Rasch schlug Albertine, die Außenseiterin unter den Autorinnen, mich in den Bann. Ich schrieb die ganze Nacht, trank Unmengen Kaffee und machte nur Pausen, um meinen Lidstrich zu erneuern. Ich machte ihr jugendfrisches Mantra zu meinem, mein empfänglicher Geist sog alles von ihr auf. […]

Ich projizierte mich in ihre Welt. Ich sah den blauen Rauch ihrer Zigarette, der sich aus ihrer Nase kräuselte, der im Blut zu ihrem Herzen strömte. Ich durfte wegen meinen Atemproblemen nicht rauchen, aber ich hatte eine Packung Gauloises Vertes in der Rocktasche. Ich lief auf und ab, während ich auf den Maler wartete, damit er mich aus meinem selbstgewählten Gefängnis befreite, so wie sie auf Julien gewartet hatte.

Als ich 1976 durch die Welt reiste, hatte ich *Astragal* in meinem kleinen Metallkoffer dabei, unter verschwitzten T-Shirts, Talismanen und dem schwarzen Jackett, das ich so lässig auf dem Cover von *Horses* trage. Der Roman war eine Taschenbuchausgabe, die 95 Cents gekostet hatte, in etwa das, was ich 1968 für die gebundene Ausgabe gezahlt hatte. Ich nahm ihn mit nach Detroit, wo ich auf meine eigene Version von Julien traf – einen vielschichtigen, zurückhaltenden, schönen Mann, der mich zur Braut und später zur Witwe machte. Nach seinem Tod nahm ich *Astragal* 1996 mit zurück nach New York, zusammen mit bittersüßen Erinnerungen.

Vor einer neuerlichen Reise nach Frankreich stieß ich zufällig wieder auf das Buch, aber ich brachte es nicht über mich, hineinzusehen. Ich wickelte es in ein Tuch und nahm es wiederum in einem Metallkoffer mit. Es war, als trüge ich Albertine, diese zerrupfte Blume, zusammen mit meinen schweißfleckigen T-Shirts ins 21. Jahrhundert. Eines Nachts wachte ich in einem Hotel in Toulouse auf, wickelte das Buch spontan aus und begann zu lesen. Wieder erlebte ich den Sprung von der Mauer, den Blitzschlag des brechenden Knöchels, die Autoscheinwerfer, mit denen ihr rettender Engel ihr ins Gesicht schien. Szenen aus meinem Leben verbündeten sich mit ihrem Text zu einer stillen Kraft. Und da, zwischen den vergilbten Seiten, steckte ein altes Bild meines Liebsten und in dem gefalteten, abgegriffenen Papier eine seiner braunen Haarsträhnen – eine kostbare Reliquie und das hochgeschätzte Erinnerungsstück an Albertine.

Keine flüchtig vorbeischwebenden Himmelswesen, sondern meine Schutzengel.

Irgendwann werde ich mit einer Thermoskanne Kaffee ihr Grab besuchen und ein Weilchen bei ihr sitzen. Ich stelle mir vor, dass ihr Grabstein die Form eines Astragal hat, Julien hat ihn gestiftet. Meine Albertine, wie habe ich sie verehrt! Ihre glänzenden Augen leiteten mich durch dunkle Zeiten. Sie war meine Führerin durch schwarze Nächte. Jetzt ist sie eure.

Patti Smith
Auszug aus dem Nachwort zu *Astragal* in: Slate Book Review

Albertine Sarrazin

ist 1937 in Algier geboren. Vater und Mutter sind unbekannt, sie kommt in staatliche Fürsorge und wird später adoptiert. Als sie von ihrer Adoption erfährt, reißt sie aus. Internat, erneute Flucht, Erziehungsheime, Besserungsanstalten, Einbrüche, Haft, Selbstmordversuche… Zwei literarische Werke entstehen, beide erscheinen 1965 mit Fürsprache von Simone de Beauvoir: **Kassiber** und **Der Astragal**. Als weibliche Knast- und Kriminellenromane sind sie eine Sensation. Der Ruhm lässt nicht auf sich warten, Sarrazin erhält den „Prix des Quatre Jurys". 1966 folgt **Stufen**.

1967 stirbt Albertine Sarrazin in Montpellier während einer Operation. Sie ist keine 30 Jahre alt.

Astragal wurde mit Horst Buchholz verfilmt.

Fotos: *private Sammlung D.R.*

www.schreiberundleser.de

1. Auflage 2014
Alle deutschen Rechte bei Verlag Schreiber & Leser - Hamburg
Nachdruck - auch auszugsweise - nur mit schriftlicher Genehmigung des Verlages

ISBN: 978-3-943808-43-8

Adaptation: Anne-Caroline Pandolfo (script) and Terkel Risbjerg (art)
Based on the novel L'Astragale, by Albertine Sarrazin
© Éditions Pauvert, Département de la Librairie Arthème Fayard, 1965, 2001

Collection directed by Frédéric Lavabre
Layout: Xavier Vaidis, Charlotte Nadaud

© 2013, Éditions Sarbacane, Paris (www.editions-sarbacane.com)
© 2014 Verlag Schreiber & Leser

Aus dem Französischen von: Karen Bo
Textbearbeitung: Ömür Gül